L'Avare

Première de couverture : © Ramon SENERA CDDS Enguerand.
Deuxième de couverture : [h] © Laurencine Lot ; [b] © Collection Christophe L.
Troisième de couverture : [h] © Ministère de la Culture - Médiathèque du Patrimoine, Dist. RMN/Studio Harcourt ; [b] © Christian Ganet.
Page 173 : © ND/Roger-Viollet.

ISBN 978-2-7011-5398-8
ISSN 1958-0541

CLASSICOCOLLÈGE

L'Avare

Comédie
représentée pour la première fois à Paris,
au Théâtre du Palais-Royal,
le 9 septembre 1668,
par la troupe du Roi.

MOLIÈRE

Dossier par Françoise Spiess
Agrégée de lettres modernes

BELIN ■ GALLIMARD

Sommaire

Arrêt sur l'œuvre

Groupements de textes

Autour de l'œuvre

Structure de la pièce

Acte I	Personnages en scène
Scène 1	Valère, Élise
Scène 2	Cléante, Élise
Scène 3	Harpagon, La Flèche
Scène 4	Élise, Cléante, Harpagon
Scène 5	Valère, Harpagon, Élise

Acte II	Personnages en scène
Scène 1	Cléante, La Flèche
Scène 2	Maître Simon, Harpagon, Cléante, La Flèche
Scène 3	Frosine, Harpagon
Scène 4	La Flèche, Frosine
Scène 5	Harpagon, Frosine

Acte III	Personnages en scène
Scène 1	Harpagon, Cléante, Élise, Valère, Dame Claude, Maître Jacques, Brindavoine, La Merluche
Scène 2	Maître Jacques, Valère
Scène 3	Frosine, Mariane, Maître Jacques
Scène 4	Mariane, Frosine
Scène 5	Harpagon, Frosine, Mariane
Scène 6	Élise, Harpagon, Mariane, Frosine
Scène 7	Cléante, Harpagon, Élise, Mariane, Frosine
Scène 8	Harpagon, Mariane, Frosine, Cléante, Brindavoine, Élise
Scène 9	Harpagon, Mariane, Cléante, Élise, Frosine, La Merluche

Acte IV	Personnages en scène
Scène 1	Cléante, Mariane, Élise, Frosine
Scène 2	Harpagon, Cléante, Mariane, Élise, Frosine
Scène 3	Harpagon, Cléante
Scène 4	Maître Jacques, Harpagon, Cléante
Scène 5	Cléante, Harpagon
Scène 6	La Flèche, Cléante
Scène 7	Harpagon

Acte V	Personnages en scène
Scène 1	Harpagon, le Commissaire, son Clerc
Scène 2	Maître Jacques, Harpagon, le Commissaire, son Clerc
Scène 3	Valère, Harpagon, le Commissaire, son Clerc, Maître Jacques
Scène 4	Élise, Mariane, Frosine, Harpagon, Valère, Maître Jacques, le Commissaire, son Clerc
Scène 5	Anselme, Harpagon, Élise, Mariane, Frosine, Valère, Maître Jacques, le Commissaire, son Clerc
Scène 6	Cléante, Valère, Mariane, Élise, Frosine, Harpagon, Anselme, Maître Jacques, La Flèche, le Commissaire, son Clerc

Introduction

Lorsque *L'Avare* est représenté pour la première fois en 1668, Molière est au sommet de sa gloire. Après avoir écrit ce qu'on appelle « les grandes comédies sérieuses », *L'École des femmes*, *Dom Juan*, *Tartuffe*, *Le Misanthrope*, il revient avec *L'Avare* à un théâtre plus divertissant.

Mais cette pièce est-elle si divertissante ? Molière choisit de jouer lui-même Harpagon, cet être détestable et souffrant, ridicule et féroce, fou et parfois si lucide, inhumain mais peut-être justement profondément humain dans son inhumanité, un être malheureux en amour et heureux en argent, qui sacrifie toute tendresse à sa cassette, son obsession. Certes nous rions, par exemple, lorsqu'il s'adresse à nous, spectateurs, et nous demande de l'aider à chercher celui qui lui a dérobé sa cassette, bouleversant ainsi les règles habituelles du théâtre. Mais ce texte joyeux fait également frémir par sa portée universelle : il nous donne à réfléchir sur un fléau des temps modernes, l'argent.

Personnages

HARPAGON, père de Cléante et d'Élise, et amoureux de Mariane.

CLÉANTE, fils d'Harpagon, amant de Mariane.

ÉLISE, fille d'Harpagon, amante de Valère.

VALÈRE, fils d'Anselme, et amant d'Élise.

MARIANE, amante de Cléante, et aimée d'Harpagon.

ANSELME, père de Valère et de Mariane.

FROSINE, femme d'intrigue.

MAÎTRE SIMON, courtier.

MAÎTRE JACQUES, cuisinier et cocher d'Harpagon.

LA FLÈCHE, valet de Cléante.

DAME CLAUDE, servante d'Harpagon.

BRINDAVOINE } laquais d'Harpagon.
LA MERLUCHE }

LE COMMISSAIRE ET SON CLERC.

La scène est à Paris.

Acte I

Scène 1

VALÈRE, ÉLISE

VALÈRE. – Hé quoi? charmante Élise, vous devenez mélancolique, après les obligeantes[1] assurances que vous avez eu la bonté de me donner de votre foi[2]? Je vous vois soupirer, hélas! au milieu de ma joie! Est-ce du regret, dites-moi, de m'avoir fait heureux, et vous repentez-vous de cet engagement[3] où mes feux[4] ont pu vous contraindre?

ÉLISE. – Non, Valère, je ne puis pas me repentir de tout ce que je fais pour vous. Je m'y sens entraîner par une trop douce puissance, et je n'ai pas même la force de souhaiter que les choses ne fussent pas. Mais, à vous dire vrai, le succès me donne de l'inquiétude; et je crains fort de vous aimer un peu plus que je ne devrais.

VALÈRE. – Hé! que pouvez-vous craindre, Élise, dans les bontés que vous avez pour moi?

ÉLISE. – Hélas! cent choses à la fois: l'emportement d'un père, les reproches d'une famille, les censures[5] du monde; mais plus que tout, Valère, le changement de votre cœur, et cette froideur criminelle dont ceux de votre sexe payent le plus souvent les témoignages trop ardents d'une innocente amour.

---

1. **Obligeantes assurances** : charmantes garanties.
2. **Foi** : amour.
3. **Engagement** : promesse de mariage.
4. **Mes feux** : mon amour.
5. **Censures** : critiques.

VALÈRE. – Ah ! ne me faites pas ce tort de juger de moi par les autres. Soupçonnez-moi de tout, Élise, plutôt que de manquer à ce que je vous dois : je vous aime trop pour cela, et mon amour pour vous durera autant que ma vie.

ÉLISE. – Ah ! Valère, chacun tient les mêmes discours. Tous les hommes sont semblables par les paroles ; et ce n'est que les actions qui les découvrent différents.

VALÈRE. – Puisque les seules actions font connaître ce que nous sommes, attendez donc au moins à juger de mon cœur par elles, et ne me cherchez point des crimes dans les injustes craintes d'une fâcheuse prévoyance[1]. Ne m'assassinez point, je vous prie, par les sensibles coups d'un soupçon outrageux, et donnez-moi le temps de vous convaincre, par mille et mille preuves, de l'honnêteté de mes feux.

ÉLISE. – Hélas ! qu'avec facilité on se laisse persuader par les personnes que l'on aime ! Oui, Valère, je tiens votre cœur incapable de m'abuser[2]. Je crois que vous m'aimez d'un véritable amour, et que vous me serez fidèle ; je n'en veux point du tout douter, et je retranche mon chagrin aux appréhensions du blâme[3] qu'on pourra me donner.

VALÈRE. – Mais pourquoi cette inquiétude ?

ÉLISE. – Je n'aurais rien à craindre, si tout le monde vous voyait des yeux dont je vous vois, et je trouve en votre personne de quoi avoir raison aux choses que je fais pour vous. Mon cœur, pour sa défense, a tout votre mérite, appuyé du secours d'une reconnaissance où le Ciel m'engage envers vous. Je me représente à toute heure ce péril étonnant[4] qui commença de nous offrir aux regards

---

1. **Fâcheuse prévoyance** : désagréable prévision.
2. **Abuser** : tromper.
3. **Je retranche mon chagrin aux appréhensions du blâme** : je ne suis inquiète que de la peur des reproches.
4. **Étonnant** : au XVIIe siècle, terrifiant.

l'un de l'autre ; cette générosité surprenante qui vous fit risquer votre vie, pour dérober la mienne à la fureur des ondes ; ces soins pleins de tendresse que vous me fîtes éclater après m'avoir tirée de l'eau, et les hommages assidus de cet ardent amour que ni le temps ni les difficultés n'ont rebuté, et qui, vous faisant négliger et parents et patrie, arrête vos pas en ces lieux, y tient en ma faveur votre fortune[1] déguisée, et vous a réduit, pour me voir, à vous revêtir de l'emploi de domestique[2] de mon père. Tout cela fait chez moi sans doute un merveilleux effet ; et c'en est assez à mes yeux pour me justifier l'engagement où j'ai pu consentir ; mais ce n'est pas assez peut-être pour le justifier aux autres, et je ne suis pas sûre qu'on entre dans mes sentiments.

Valère. – De tout ce que vous avez dit, ce n'est que par mon seul amour que je prétends auprès de vous mériter quelque chose ; et quant aux scrupules que vous avez, votre père lui-même ne prend que trop de soin de vous justifier à tout le monde ; et l'excès de son avarice, et la manière austère dont il vit avec ses enfants pourraient autoriser des choses plus étranges. Pardonnez-moi, charmante Élise, si j'en parle ainsi devant vous. Vous savez que sur ce chapitre on n'en peut pas dire de bien. Mais enfin, si je puis, comme je l'espère, retrouver mes parents, nous n'aurons pas beaucoup de peine à nous le rendre favorable. J'en attends des nouvelles avec impatience, et j'en irai chercher moi-même, si elles tardent à venir.

Élise. – Ah ! Valère, ne bougez d'ici, je vous prie ; et songez seulement à vous bien mettre dans l'esprit de mon père.

Valère. – Vous voyez comme je m'y prends, et les adroites complaisances qu'il m'a fallu mettre en usage pour m'introduire à son service ; sous quel masque de sympathie et de rapports[3] de sentiments je me déguise pour lui plaire, et quel personnage je

1. **Fortune** : ici, condition sociale.
2. **Domestique** : Valère est en fait intendant d'Harpagon.
3. **Rapports** : démonstrations.

joue tous les jours avec lui, afin d'acquérir sa tendresse. J'y fais des progrès admirables ; et j'éprouve que pour gagner les hommes, il n'est point de meilleure voie que de se parer à leurs yeux de leurs inclinations, que de donner dans leurs maximes, encenser leurs défauts, et applaudir à ce qu'ils font. On n'a que faire d'avoir peur de trop charger la complaisance[1] ; et la manière dont on les joue[2] a beau être visible, les plus fins toujours sont de grandes dupes du côté de la flatterie ; et il n'y a rien de si impertinent et de si ridicule qu'on ne fasse avaler lorsqu'on l'assaisonne en louange. La sincérité souffre un peu au métier que je fais ; mais quand on a besoin des hommes, il faut bien s'ajuster à eux ; et puisqu'on ne saurait les gagner que par là, ce n'est pas la faute de ceux qui flattent, mais de ceux qui veulent être flattés.

ÉLISE. – Mais que ne tâchez-vous aussi à gagner l'appui de mon frère, en cas que la servante s'avisât de révéler notre secret ?

VALÈRE. – On ne peut pas ménager l'un et l'autre ; et l'esprit du père et celui du fils sont des choses si opposées, qu'il est difficile d'accommoder ces deux confidences ensemble. Mais vous, de votre part, agissez auprès de votre frère, et servez-vous de l'amitié qui est entre vous deux pour le jeter dans nos intérêts. Il vient, je me retire. Prenez ce temps pour lui parler ; et ne lui découvrez de notre affaire que ce que vous jugerez à propos.

ÉLISE. – Je ne sais si j'aurai la force de lui faire cette confidence.

---

1. **Charger la complaisance** : exagérer les compliments, le zèle, dans le but de se faire bien voir.
2. **Joue** : trompe.

Scène 2

CLÉANTE, ÉLISE

CLÉANTE. – Je suis bien aise de vous trouver seule, ma sœur ; et je brûlais de vous parler, pour m'ouvrir à vous d'un secret.

ÉLISE. – Me voilà prête à vous ouïr[1], mon frère. Qu'avez-vous à me dire ?

CLÉANTE. – Bien des choses, ma sœur, enveloppées dans un mot : j'aime.

ÉLISE. – Vous aimez ?

CLÉANTE. – Oui, j'aime. Mais avant que d'aller plus loin, je sais que je dépends d'un père, et que le nom de fils me soumet à ses volontés ; que nous ne devons point engager notre foi sans le consentement de ceux dont nous tenons le jour ; que le Ciel les a faits les maîtres de nos vœux, et qu'il nous est enjoint[2] de n'en disposer que par leur conduite[3] ; que n'étant prévenus d'aucune folle ardeur[4], ils sont en état de se tromper bien moins que nous, et de voir beaucoup mieux ce qui nous est propre ; qu'il en faut plutôt croire les lumières de leur prudence que l'aveuglement de notre passion ; et que l'emportement de la jeunesse nous entraîne le plus souvent dans des précipices fâcheux. Je vous dis tout cela, ma sœur, afin que vous ne vous donniez pas la peine de me le dire ; car enfin mon amour ne veut rien écouter, et je vous prie de ne me point faire de remontrances.

ÉLISE. – Vous êtes-vous engagé, mon frère, avec celle que vous aimez ?

---

1. **Ouïr** : écouter.
2. **Enjoint** : commandé.
3. **Par leur conduite** : sous leur conduite.
4. **N'étant prévenus d'aucune folle ardeur** : n'étant pas sous l'influence de l'amour.

Cléante. – Non, mais j'y suis résolu ; et je vous conjure encore une fois de ne me point apporter de raisons pour m'en dissuader.

Élise. – Suis-je, mon frère, une si étrange personne ?

Cléante. – Non, ma sœur ; mais vous n'aimez pas : vous ignorez la douce violence qu'un tendre amour fait sur nos cœurs, et j'appréhende votre sagesse.

Élise. – Hélas ! mon frère, ne parlons point de ma sagesse. Il n'est personne qui n'en manque, du moins une fois en sa vie ; et si je vous ouvre mon cœur, peut-être serai-je à vos yeux bien moins sage que vous.

Cléante. – Ah ! plût au Ciel que votre âme, comme la mienne…

Élise. – Finissons auparavant votre affaire, et me dites qui est celle que vous aimez.

Cléante. – Une jeune personne qui loge depuis peu en ces quartiers, et qui semble être faite pour donner[1] de l'amour à tous ceux qui la voient. La nature, ma sœur, n'a rien formé de plus aimable ; et je me sentis transporté[2] dès le moment que je la vis. Elle se nomme Mariane, et vit sous la conduite d'une bonne femme de mère, qui est presque toujours malade, et pour qui cette aimable fille a des sentiments d'amitié qui ne sont pas imaginables. Elle la sert, la plaint, et la console avec une tendresse qui vous toucherait l'âme. Elle se prend d'un air le plus charmant du monde aux choses qu'elle fait, et l'on voit briller mille grâces en toutes ses actions : une douceur pleine d'attraits, une bonté toute engageante, une honnêteté[3] adorable, une… Ah ! ma sœur, je voudrais que vous l'eussiez vue.

---

1. **Donner** : faire éprouver.
2. **Transporté** : ému.
3. **Honnêteté** : politesse.

ÉLISE. – J'en vois beaucoup, mon frère, dans les choses que vous me dites ; et pour comprendre ce qu'elle est, il me suffit que vous l'aimez.

CLÉANTE. – J'ai découvert sous main qu'elles ne sont pas fort accommodées[1], et que leur discrète conduite a de la peine à étendre à tous leurs besoins le bien qu'elles peuvent avoir. Figurez-vous, ma sœur, quelle joie ce peut être que de relever la fortune d'une personne que l'on aime ; que de donner adroitement quelques petits secours aux modestes nécessités d'une vertueuse famille ; et concevez quel déplaisir ce m'est de voir que, par l'avarice d'un père, je sois dans l'impuissance de goûter cette joie, et de faire éclater à cette belle aucun témoignage de mon amour.

ÉLISE. – Oui, je conçois assez, mon frère, quel doit être votre chagrin.

CLÉANTE. – Ah ! ma sœur, il est plus grand qu'on ne peut croire. Car enfin, peut-on rien voir de plus cruel que cette rigoureuse épargne qu'on exerce sur nous, que cette sécheresse étrange où l'on nous fait languir ? Et que nous servira d'avoir du bien, s'il ne nous vient que dans le temps que nous ne serons plus dans le bel âge d'en jouir, et si pour m'entretenir même, il faut que maintenant je m'engage[2] de tous côtés, si je suis réduit avec vous à chercher tous les jours le secours des marchands, pour avoir moyen de porter des habits raisonnables ? Enfin j'ai voulu vous parler, pour m'aider à sonder mon père sur les sentiments où je suis ; et si je l'y trouve contraire, j'ai résolu d'aller en d'autres lieux, avec cette aimable personne, jouir de la fortune[3] que le Ciel voudra nous offrir. Je fais chercher partout pour ce dessein[4] de l'argent à emprunter ; et si vos affaires, ma sœur, sont semblables aux miennes, et qu'il faille que notre père s'oppose à

---

1. **Pas fort accommodées** : pas riches.
2. **M'engage** : m'endette.
3. **Fortune** : sort, destin.
4. **Dessein** : projet.

nos désirs, nous le quitterons là tous deux et nous affranchirons de cette tyrannie où nous tient depuis si longtemps son avarice insupportable.

Élise. – Il est bien vrai que, tous les jours, il nous donne de plus en plus sujet de regretter la mort de notre mère, et que…

Cléante. – J'entends sa voix. Éloignons-nous un peu, pour nous achever notre confidence ; et nous joindrons après nos forces pour venir attaquer la dureté de son humeur.

Scène 3

Harpagon, La Flèche

Harpagon. – Hors d'ici tout à l'heure[1], et qu'on ne réplique pas. Allons, que l'on détale de chez moi, maître juré filou, vrai gibier de potence[2].

La Flèche. – Je n'ai jamais rien vu de si méchant que ce maudit vieillard, et je pense, sauf correction[3], qu'il a le diable au corps.

Harpagon. – Tu murmures entre tes dents.

La Flèche. – Pourquoi me chassez-vous ?

Harpagon. – C'est bien à toi, pendard[4], à me demander des raisons ; sors vite, que je ne t'assomme[5].

La Flèche. – Qu'est-ce que je vous ai fait ?

1. **Tout à l'heure** : immédiatement.
2. **Gibier de potence** : qui mérite d'être pendu.
3. **Sauf correction** : qu'on me reprenne si j'exagère.
4. **Pendard** : digne d'être pendu.
5. **Que je ne t'assomme** : avant que je ne t'assomme.

Harpagon. – Tu m'as fait que je veux que tu sortes.

La Flèche. – Mon maître, votre fils, m'a donné ordre de l'attendre.

Harpagon. – Va-t'en l'attendre dans la rue, et ne sois point dans ma maison planté tout droit comme un piquet, à observer ce qui se passe, et faire ton profit de tout. Je ne veux point avoir sans cesse devant moi un espion de mes affaires, un traître, dont les yeux maudits assiègent toutes mes actions, dévorent ce que je possède, et furètent de tous côtés pour voir s'il n'y a rien à voler.

La Flèche. – Comment diantre[1] voulez-vous qu'on fasse pour vous voler ? Êtes-vous un homme volable, quand vous renfermez toutes choses, et faites sentinelle jour et nuit ?

Harpagon. – Je veux renfermer ce que bon me semble, et faire sentinelle comme il me plaît. Ne voilà pas de mes mouchards qui prennent garde à ce qu'on fait ? Je tremble qu'il n'ait soupçonné quelque chose de mon argent. Ne serais-tu point homme à aller faire courir le bruit que j'ai chez moi de l'argent caché ?

La Flèche. – Vous avez de l'argent caché ?

Harpagon. – Non, coquin, je ne dis pas cela. *(À part.)* J'enrage. Je demande si malicieusement[2] tu n'irais point faire courir le bruit que j'en ai.

La Flèche. – Hé ! que nous importe que vous en ayez ou que vous n'en ayez pas, si c'est pour nous la même chose ?

Harpagon. – Tu fais le raisonneur. Je te baillerai[3] de ce raisonnement-ci par les oreilles. *(Il lève la main pour lui donner un soufflet[4].)* Sors d'ici, encore une fois.

---

1. **Diantre** : diable (interjection).
2. **Malicieusement** : par méchanceté.
3. **Baillerai** : ici, donnerai (des coups).
4. **Soufflet** : gifle.

La Flèche. – Hé bien ! je sors.

Harpagon. – Attends. Ne m'emportes-tu rien ?

La Flèche. – Que vous emporterais-je ?

Harpagon. – Viens çà, que je voie. Montre-moi tes mains.

La Flèche. – Les voilà.

Harpagon. – Les autres.

La Flèche. – Les autres ?

Harpagon. – Oui.

La Flèche. – Les voilà.

Harpagon. – N'as-tu rien mis ici dedans ?

La Flèche. – Voyez vous-même.

Harpagon, *il tâte le bas de ses chausses.* – Ces grands hauts-de-chausses[1] sont propres à devenir les receleurs des choses qu'on dérobe ; et je voudrais qu'on en eût fait pendre quelqu'un.

La Flèche. – Ah ! qu'un homme comme cela mériterait bien ce qu'il craint ! et que j'aurais de joie à le voler !

Harpagon. – Euh ?

La Flèche. – Quoi ?

Harpagon. – Qu'est-ce que tu parles de voler ?

La Flèche. – Je dis que vous fouillez bien partout, pour voir si je vous ai volé.

Harpagon. – C'est ce que je veux faire.

Il fouille dans les poches de La Flèche.

La Flèche. – La peste soit de l'avarice et des avaricieux !

---

1. **Hauts-de-chausses** : pantalon s'arrêtant aux genoux.

Harpagon. – Comment ? que dis-tu ?

La Flèche. – Ce que je dis ?

Harpagon. – Oui, qu'est-ce que tu dis d'avarice et d'avaricieux ?

La Flèche. – Je dis que la peste soit de l'avarice et des avaricieux.

Harpagon. – De qui veux-tu parler ?

La Flèche. – Des avaricieux.

Harpagon. – Et qui sont-ils ces avaricieux ?

La Flèche. – Des vilains et des ladres[1].

Harpagon. – Mais qui est-ce que tu entends par là ?

La Flèche. – De quoi vous mettez-vous en peine ?

Harpagon. – Je me mets en peine de ce qu'il faut.

La Flèche. – Est-ce que vous croyez que je veux parler de vous ?

Harpagon. – Je crois ce que je crois ; mais je veux que tu me dises à qui tu parles quand tu dis cela.

La Flèche. – Je parle… je parle à mon bonnet.

Harpagon. – Et moi, je pourrais bien parler à ta barrette[2].

La Flèche. – M'empêcherez-vous de maudire les avaricieux ?

Harpagon. – Non ; mais je t'empêcherai de jaser, et d'être insolent. Tais-toi.

La Flèche. – Je ne nomme personne.

---

1. **Vilains, ladres** : avares.
2. **Parler à ta barrette** : te réprimander.

Harpagon. – Je te rosserai, si tu parles.

La Flèche. – Qui[1] se sent morveux, qu'il se mouche.

Harpagon. – Te tairas-tu ?

La Flèche. – Oui, malgré moi.

Harpagon. – Ha, ha !

La Flèche, *lui montrant une des poches de son justaucorps*[2]. – Tenez, voilà encore une poche : êtes-vous satisfait ?

Harpagon. – Allons, rends-le-moi sans te fouiller.

La Flèche. – Quoi ?

Harpagon. – Ce que tu m'as pris.

La Flèche. – Je ne vous ai rien pris du tout.

Harpagon. – Assurément ?

La Flèche. – Assurément.

Harpagon. – Adieu : va-t'en à tous les diables.

La Flèche. – Me voilà fort bien congédié.

Harpagon. – Je te le mets sur ta conscience, au moins. Voilà un pendard de valet qui m'incommode fort, et je ne me plais point à voir ce chien de boiteux[3]-là.

1. **Qui** : celui qui.
2. **Justaucorps** : longue veste.
3. **Boiteux** : l'acteur Louis Béjart, qui jouait le rôle à sa création, boitait.

Scène 4

ÉLISE, CLÉANTE, HARPAGON

HARPAGON. – Certes, ce n'est pas une petite peine que de garder chez soi une grande somme d'argent ; et bienheureux qui a tout son fait[1] bien placé, et ne conserve seulement que ce qu'il faut pour sa dépense. On n'est pas peu embarrassé à inventer dans toute une maison une cache fidèle ; car pour moi, les coffres-forts me sont suspects, et je ne veux jamais m'y fier : je les tiens justement une franche amorce[2] à voleurs, et c'est toujours la première chose que l'on va attaquer. Cependant, je ne sais si j'aurai bien fait d'avoir enterré dans mon jardin dix mille écus qu'on me rendit hier. Dix mille écus en or[3] chez soi est une somme assez…

Ici le frère et la sœur paraissent s'entretenant bas.

Ô Ciel ! je me serai trahi moi-même : la chaleur m'aura emporté, et je crois que j'ai parlé haut en raisonnant tout seul. Qu'est-ce ?

CLÉANTE. – Rien, mon père.

HARPAGON. – Y a-t-il longtemps que vous êtes là ?

ÉLISE. – Nous ne venons que d'arriver.

HARPAGON. – Vous avez entendu…

CLÉANTE. – Quoi, mon père ?

HARPAGON. – Là…

ÉLISE. – Quoi ?

HARPAGON. – Ce que je viens de dire.

---

1. **Son fait** : son bien.
2. **Je les tiens justement une franche amorce** : je les considère comme un appât.
3. **Dix mille écus en or** : très grosse somme d'argent, un écu en or valant environ 100 euros.

Cléante. – Non.

Harpagon. – Si fait, si fait.

Élise. – Pardonnez-moi.

Harpagon. – Je vois bien que vous en avez ouï quelques mots. C'est que je m'entretenais en moi-même de la peine qu'il y a aujourd'hui à trouver de l'argent, et je disais qu'il est bienheureux qui peut avoir dix mille écus chez soi.

Cléante. – Nous feignions à[1] vous aborder, de peur de vous interrompre.

Harpagon. – Je suis bien aise de vous dire cela, afin que vous n'alliez pas prendre les choses de travers et vous imaginer que je dise que c'est moi qui ai dix mille écus.

Cléante. – Nous n'entrons point dans vos affaires.

Harpagon. – Plût à Dieu que je les eusse, dix mille écus !

Cléante. – Je ne crois pas…

Harpagon. – Ce serait une bonne affaire pour moi.

Élise. – Ce sont des choses…

Harpagon. – J'en aurais bon besoin.

Cléante. – Je pense que…

Harpagon. – Cela m'accommoderait fort.

Élise. – Vous êtes…

Harpagon. – Et je ne me plaindrais pas, comme je fais, que le temps est misérable.

Cléante. – Mon Dieu ! mon père, vous n'avez pas lieu de vous plaindre, et l'on sait que vous avez assez de bien.

---

1. **Nous feignions à** : nous hésitions à.

Harpagon. – Comment ? j'ai assez de bien ! Ceux qui le disent en ont menti. Il n'y a rien de plus faux ; et ce sont des coquins qui font courir tous ces bruits-là.

Élise. – Ne vous mettez point en colère.

Harpagon. – Cela est étrange, que mes propres enfants me trahissent et deviennent mes ennemis !

Cléante. – Est-ce être votre ennemi que de dire que vous avez du bien ?

Harpagon. – Oui, de pareils discours et les dépenses que vous faites seront cause qu'un de ces jours on me viendra chez moi couper la gorge, dans la pensée que je suis tout cousu de pistoles[1].

Cléante. – Quelle grande dépense est-ce que je fais ?

Harpagon. – Quelle ? Est-il rien de plus scandaleux que ce somptueux équipage[2] que vous promenez par la ville ? Je querellais hier votre sœur ; mais c'est encore pis. Voilà qui crie vengeance au Ciel ; et à vous prendre depuis les pieds jusqu'à la tête, il y aurait là de quoi faire une bonne constitution[3]. Je vous l'ai dit vingt fois, mon fils, toutes vos manières me déplaisent fort : vous donnez furieusement dans le marquis ; et pour aller ainsi vêtu, il faut bien que vous me dérobiez[4].

Cléante. – Hé ! comment vous dérober ?

Harpagon. – Que sais-je ? Où pouvez-vous donc prendre de quoi entretenir l'état que vous portez ?

Cléante. – Moi, mon père ? C'est que je joue ; et comme je suis fort heureux, je mets sur moi tout l'argent que je gagne.

---

1. **Cousu de pistoles** : riche (les pistoles sont des pièces d'or).
2. **Équipage** : vêtements.
3. **Constitution** : placement.
4. **Dérobiez** : voliez.

Harpagon. – C'est fort mal fait. Si vous êtes heureux au jeu, vous en devriez profiter, et mettre à honnête intérêt l'argent que vous gagnez afin de le trouver un jour. Je voudrais bien savoir, sans parler du reste, à quoi servent tous ces rubans dont vous voilà lardé[1] depuis les pieds jusqu'à la tête, et si une demi-douzaine d'aiguillettes[2] ne suffit pas pour attacher un haut-de-chausses? Il est bien nécessaire d'employer de l'argent à des perruques, lorsque l'on peut porter des cheveux de son cru, qui ne coûtent rien. Je vais gager qu'en perruques et rubans, il y a du moins vingt pistoles[3]; et vingt pistoles rapportent par année dix-huit livres six sols huit deniers, à ne les placer qu'au denier douze[4].

Cléante. – Vous avez raison.

Harpagon. – Laissons cela, et parlons d'autre affaire. Euh? Je crois qu'ils se font signe l'un et l'autre de me voler ma bourse. Que veulent dire ces gestes-là?

Élise. – Nous marchandons, mon frère et moi, à qui parlera le premier; et nous avons tous deux quelque chose à vous dire.

Harpagon. – Et moi, j'ai quelque chose aussi à vous dire à tous deux.

Cléante. – C'est de mariage, mon père, que nous désirons vous parler.

Harpagon. – Et c'est de mariage aussi que je veux vous entretenir.

Élise. – Ah! mon père.

Harpagon. – Pourquoi ce cri? Est-ce le mot, ma fille, ou la chose, qui vous fait peur?

---

1. **Lardé** : garni.
2. **Aiguillettes** : sorte de rubans qui attachent le haut-de-chausses à la veste.
3. **Vingt pistoles** : environ 2200 euros.
4. **Denier douze** : intérêt à 8% environ.

Cléante. – Le mariage peut nous faire peur à tous deux, de la façon que vous pouvez l'entendre ; et nous craignons que nos sentiments ne soient pas d'accord avec votre choix.

Harpagon. – Un peu de patience. Ne vous alarmez point. Je sais ce qu'il faut à tous deux ; et vous n'aurez ni l'un ni l'autre aucun lieu de vous plaindre de tout ce que je prétends faire. Et pour commencer par un bout : avez-vous vu, dites-moi, une jeune personne appelée Mariane, qui ne loge pas loin d'ici ?

Cléante. – Oui, mon père.

Harpagon. – Et vous ?

Élise. – J'en ai ouï parler.

Harpagon. – Comment, mon fils, trouvez-vous cette fille ?

Cléante. – Une fort charmante personne.

Harpagon. – Sa physionomie ?

Cléante. – Toute honnête, et pleine d'esprit.

Harpagon. – Son air et sa manière ?

Cléante. – Admirables, sans doute.

Harpagon. – Ne croyez-vous pas qu'une fille comme cela mériterait assez que l'on songeât à elle ?

Cléante. – Oui, mon père.

Harpagon. – Que ce serait un parti souhaitable ?

Cléante. – Très souhaitable.

Harpagon. – Qu'elle a toute mine de faire un bon ménage ?

Cléante. – Sans doute.

Harpagon. – Et qu'un mari aurait satisfaction avec elle ?

Cléante. – Assurément.

Harpagon. – Il y a une petite difficulté : c'est que j'ai peur qu'il n'y ait pas avec elle tout le bien qu'on pourrait prétendre[1].

Cléante. – Ah ! mon père, le bien n'est pas considérable, lorsqu'il est question d'épouser une honnête personne.

Harpagon. – Pardonnez-moi, pardonnez-moi. Mais ce qu'il y a à dire, c'est que si l'on n'y trouve pas tout le bien qu'on souhaite, on peut tâcher de regagner cela sur autre chose.

Cléante. – Cela s'entend.

Harpagon. – Enfin, je suis bien aise de vous voir dans mes sentiments ; car son maintien honnête et sa douceur m'ont gagné l'âme, et je suis résolu de l'épouser, pourvu que j'y trouve quelque bien.

Cléante. – Euh ?

Harpagon. – Comment ?

Cléante. – Vous êtes résolu, dites-vous... ?

Harpagon. – D'épouser Mariane.

Cléante. – Qui, vous ? vous ?

Harpagon. – Oui, moi, moi, moi. Que veut dire cela ?

Cléante. – Il m'a pris tout à coup un éblouissement, et je me retire d'ici.

Harpagon. – Cela ne sera rien. Allez vite boire dans la cuisine un grand verre d'eau claire. Voilà de mes damoiseaux flouets[2], qui n'ont non plus de vigueur que des poules. C'est là, ma fille, ce que j'ai résolu pour moi. Quant à ton frère, je lui destine une certaine veuve dont ce matin on m'est venu parler ; et pour toi, je te donne au seigneur Anselme.

---

1. **Tout le bien qu'on pourrait prétendre** : toute la richesse souhaitable.
2. **Damoiseaux flouets** : jeunes hommes fragiles.

Élise. – Au seigneur Anselme ?

Harpagon. – Oui, un homme mûr, prudent et sage, qui n'a pas plus de cinquante ans, et dont on vante les grands biens.

Élise, *elle fait une révérence.* – Je ne veux point me marier, mon père, s'il vous plaît.

Harpagon, *il contrefait sa révérence.* – Et moi, ma petite fille ma mie, je veux que vous vous mariiez, s'il vous plaît.

Élise. – Je vous demande pardon, mon père.

Harpagon. – Je vous demande pardon, ma fille.

Élise. – Je suis très humble servante au seigneur Anselme ; mais, avec votre permission, je ne l'épouserai point.

Harpagon. – Je suis votre très humble valet ; mais, avec votre permission, vous l'épouserez dès ce soir.

Élise. – Dès ce soir ?

Harpagon. – Dès ce soir.

Élise. – Cela ne sera pas, mon père.

Harpagon. – Cela sera, ma fille.

Élise. – Non.

Harpagon. – Si.

Élise. – Non, vous dis-je.

Harpagon. – Si, vous dis-je.

Élise. – C'est une chose où vous ne me réduirez point.

Harpagon. – C'est une chose où je te réduirai.

Élise. – Je me tuerai plutôt que d'épouser un tel mari.

Harpagon. – Tu ne te tueras point, et tu l'épouseras. Mais voyez quelle audace ! A-t-on jamais vu une fille parler de la sorte à son père ?

Élise. – Mais a-t-on jamais vu un père marier sa fille de la sorte ?

Harpagon. – C'est un parti où il n'y a rien à redire ; et je gage que tout le monde approuvera mon choix.

Élise. – Et moi, je gage qu'il ne saurait être approuvé d'aucune personne raisonnable.

Harpagon. – Voilà Valère : veux-tu qu'entre nous deux nous le fassions juge de cette affaire ?

Élise. – J'y consens.

Harpagon. – Te rendras-tu à son jugement ?

Élise. – Oui, j'en passerai par ce qu'il dira.

Harpagon. – Voilà qui est fait.

Scène 5

Valère, Harpagon, Élise

Harpagon. – Ici, Valère. Nous t'avons élu pour nous dire qui a raison, de ma fille ou de moi.

Valère. – C'est vous, Monsieur, sans contredit.

Harpagon. – Sais-tu bien de quoi nous parlons ?

Valère. – Non, mais vous ne sauriez avoir tort, et vous êtes toute raison.

Harpagon. – Je veux ce soir lui donner pour époux un homme aussi riche que sage ; et la coquine me dit au nez qu'elle se moque de le prendre. Que dis-tu de cela ?

Valère. – Ce que j'en dis ?

Harpagon. – Oui.

Valère. – Eh, eh.

Harpagon. – Quoi ?

Valère. – Je dis que dans le fond je suis de votre sentiment ; et vous ne pouvez pas que vous n'ayez raison[1]. Mais aussi n'a-t-elle pas tort tout à fait, et…

Harpagon. – Comment ? le seigneur Anselme est un parti considérable ; c'est un gentilhomme qui est noble, doux, posé, sage, et fort accommodé[2], et auquel il ne reste aucun enfant de son premier mariage. Saurait-elle mieux rencontrer ?

Valère. – Cela est vrai. Mais elle pourrait vous dire que c'est un peu précipiter les choses, et qu'il faudrait au moins quelque temps pour voir si son inclination[3] pourra s'accommoder avec…

Harpagon. – C'est une occasion qu'il faut prendre vite aux cheveux. Je trouve ici un avantage qu'ailleurs je ne trouverais pas, et il s'engage à la prendre sans dot.

Valère. – Sans dot ?

Harpagon. – Oui.

Valère. – Ah ! je ne dis plus rien. Voyez-vous ? voilà une raison tout à fait convaincante ; il se faut rendre à cela.

Harpagon. – C'est pour moi une épargne considérable.

---

1. **Vous ne pouvez pas que vous n'ayez raison** : vous avez forcément raison.
2. **Accommodé** : riche.
3. **Inclination** : amour.

Valère. – Assurément, cela ne reçoit point de contradiction. Il est vrai que votre fille vous peut représenter que le mariage est une plus grande affaire qu'on ne peut croire ; qu'il y va d'être heureux ou malheureux toute sa vie ; et qu'un engagement qui doit durer jusqu'à la mort ne se doit jamais faire qu'avec de grandes précautions.

Harpagon. – Sans dot.

Valère. – Vous avez raison : voilà qui décide tout, cela s'entend. Il y a des gens qui pourraient vous dire qu'en de telles occasions l'inclination d'une fille est une chose sans doute où l'on doit avoir de l'égard ; et que cette grande inégalité d'âge, d'humeur et de sentiments, rend un mariage sujet à des accidents très fâcheux.

Harpagon. – Sans dot.

Valère. – Ah ! il n'y a pas de réplique à cela : on le sait bien ; qui diantre peut aller là contre ? Ce n'est pas qu'il n'y ait quantité de pères qui aimeraient mieux ménager la satisfaction de leurs filles que l'argent qu'ils pourraient donner ; qui ne les voudraient point sacrifier à l'intérêt, et chercheraient plus que toute autre chose à mettre dans un mariage cette douce conformité qui sans cesse y maintient l'honneur, la tranquillité et la joie, et que…

Harpagon. – Sans dot.

Valère. – Il est vrai : cela ferme la bouche à tout, *sans dot.* Le moyen de résister à une raison comme celle-là ?

Harpagon, *il regarde vers le jardin.* – Ouais ! il me semble que j'entends un chien qui aboie. N'est-ce point qu'on en voudrait à mon argent ? Ne bougez, je reviens tout à l'heure.

Élise. – Vous moquez-vous, Valère, de lui parler comme vous faites ?

Valère. – C'est pour ne point l'aigrir[1], et pour en venir mieux à bout. Heurter de front ses sentiments est le moyen de tout gâter ; et il y a de certains esprits qu'il ne faut prendre qu'en biaisant, des tempéraments ennemis de toute résistance, des naturels rétifs[2], que la vérité fait cabrer, qui toujours se roidissent contre le droit chemin de la raison, et qu'on ne mène qu'en tournant où l'on veut les conduire. Faites semblant de consentir à ce qu'il veut, vous en viendrez mieux à vos fins, et…

Élise. – Mais ce mariage, Valère ?

Valère. – On cherchera des biais pour le rompre.

Élise. – Mais quelle invention trouver, s'il se doit conclure ce soir ?

Valère. – Il faut demander un délai, et feindre quelque maladie.

Élise. – Mais on découvrira la feinte, si l'on appelle des médecins.

Valère. – Vous moquez-vous ? Y connaissent-ils quelque chose ? Allez, allez, vous pourrez avec eux avoir quel mal il vous plaira, ils vous trouveront des raisons pour vous dire d'où cela vient.

Harpagon. – Ce n'est rien, Dieu merci.

Valère. – Enfin, notre dernier recours, c'est que la fuite nous peut mettre à couvert de tout ; et si votre amour, belle Élise, est capable d'une fermeté… *(Il aperçoit Harpagon.)* Oui, il faut qu'une fille obéisse à son père. Il ne faut point qu'elle regarde comme un mari est fait, et lorsque la grande raison de *sans dot* s'y rencontre, elle doit être prête à prendre tout ce qu'on lui donne.

Harpagon. – Bon. Voilà bien parlé, cela.

---

1. **L'aigrir** : le fâcher.
2. **Rétifs** : qui refusent.

Valère. – Monsieur, je vous demande pardon si je m'emporte un peu et prends la hardiesse de lui parler comme je fais.

Harpagon. – Comment? j'en suis ravi, et je veux que tu prennes sur elle un pouvoir absolu. Oui, tu as beau fuir. Je lui donne l'autorité que le Ciel me donne sur toi, et j'entends que tu fasses tout ce qu'il te dira.

Valère. – Après cela, résistez à mes remontrances. Monsieur, je vais la suivre, pour lui continuer les leçons que je lui faisais.

Harpagon. – Oui, tu m'obligeras[1]. Certes…

Valère. – Il est bon de lui tenir un peu la bride haute[2].

Harpagon. – Cela est vrai. Il faut…

Valère. – Ne vous mettez pas en peine. Je crois que j'en viendrai à bout.

Harpagon. – Fais, fais. Je m'en vais faire un petit tour en ville, et reviens tout à l'heure.

Valère. – Oui, l'argent est plus précieux que toutes les choses du monde, et vous devez rendre grâces au Ciel de l'honnête homme de père qu'il vous a donné. Il sait ce que c'est que de vivre. Lorsqu'on s'offre de prendre une fille sans dot, on ne doit point regarder plus avant. Tout est renfermé là-dedans, et *sans dot* tient lieu de beauté, de jeunesse, de naissance, d'honneur, de sagesse et de probité[3].

Harpagon. – Ah ! le brave garçon ! Voilà parlé comme un oracle. Heureux qui peut avoir un domestique de la sorte !

---

1. **Tu m'obligeras** : tu me rendras service.
2. **Tenir la bride haute** : ne rien céder.
3. **Probité** : honnêteté.

Arrêt sur lecture 1

Un quiz pour commencer

Cochez les bonnes réponses.

❶ *Qui est Valère ?*

- ❒ Le frère d'Élise.
- ❒ Le cousin de Mariane.
- ❒ L'amant d'Élise.

❷ *Qui est Élise ?*

- ❒ La fille d'Harpagon.
- ❒ La sœur de Cléante.
- ❒ L'amante de Cléante.

❸ *Comment Valère a-t-il rencontré Élise ?*

- ❒ En lui sauvant la vie.
- ❒ En devenant le domestique d'Harpagon.
- ❒ En rendant visite à Cléante.

❹ *De qui Cléante est-il amoureux ?*
- ❒ De Mariane.
- ❒ D'Élise.
- ❒ D'une jeune femme dont il ne connaît pas le nom.

❺ *Qui est Mariane ?*
- ❒ Une jeune fille riche.
- ❒ Une jeune fille pauvre.
- ❒ L'amie d'Élise.

❻ *De quoi Harpagon a-t-il toujours peur ?*
- ❒ De ne pas être aimé de ses enfants.
- ❒ De se faire voler.
- ❒ De ne pas pouvoir marier sa fille.

❼ *Où Harpagon semble-t-il avoir caché son argent ?*
- ❒ Dans sa chambre.
- ❒ Dans son bureau.
- ❒ Dans son jardin.

❽ *Qui Harpagon a-t-il l'intention d'épouser ?*
- ❒ La jeune fille que Cléante aime.
- ❒ Une veuve riche.
- ❒ Une veuve pauvre.

❾ *Qui est le Seigneur Anselme ?*
- ❒ Un jeune homme riche.
- ❒ Un jeune homme pauvre.
- ❒ Un homme qui accepte d'épouser Élise sans dot.

Des questions pour aller plus loin

☛ Découvrir l'acte d'exposition

Une double intrigue amoureuse

❶ Quels sont les deux couples d'amoureux présentés successivement dans les scènes 1 et 2 ?
❷ Dans la scène 1, relevez les détails qui révèlent les conditions du mariage des jeunes gens au XVIIe siècle. Pourquoi Molière les expose-t-il ainsi ?
❸ Dans cette première scène, quel autre champ lexical croise le champ lexical de l'amour ? Qu'en concluez-vous ?
❹ Montrez, en vous appuyant sur le texte, que chacun des deux personnages s'adresse à son partenaire mais aussi aux spectateurs dans la scène 1 (double énonciation). Pourquoi est-ce nécessaire à ce moment de la pièce ?
❺ D'après les informations données dans la liste des personnages, quelle différence peut-on faire entre « amant » et « amoureux » ?

Le personnage de l'avare

❻ Le spectateur est-il surpris par le personnage d'Harpagon lorsqu'il apparaît pour la première fois sur scène ? Pourquoi ?
❼ Quelles « affaires » opposent Harpagon à ses enfants (scène 4) ? En quoi le portrait de l'avare est-il complété par rapport à la scène précédente ?
❽ Relevez dans l'ensemble de l'acte I le champ lexical de l'argent et de l'avarice.
❾ Dites quelle facette de l'avare chaque scène du premier acte contribue à montrer en précisant chaque fois quel personnage de la maisonnée malmène ce père de famille.
❿ Harpagon n'est-il qu'un avare ? À quoi est-il aussi sensible ?

Une comédie des apparences

⓫ Comment Valère est-il présenté dans la liste des personnages ? Comment se présente-t-il dans la première scène ?
⓬ En quoi peut-on dire que Valère est un personnage masqué ?
⓭ Qu'apprend-on, dans la scène 1, sur la première rencontre d'Élise et de Valère ? À partir de ces informations, imaginez ce que pourrait être la suite de la pièce.
⓮ Relevez, dans l'acte I, le champ lexical de la dissimulation. Précisez ce que cache chacun des personnages amené à taire ou à feindre par la situation dans laquelle il se trouve.
⓯ L'attitude d'Élise est-elle la même dans la scène 1 et dans la scène 4 ? Pourquoi ?
⓰ Dans la *commedia dell'arte*, les canevas des pièces que les comédiens masqués improvisaient ensuite, comportaient deux vieillards, deux amoureux, deux amoureuses, deux valets ou servantes, parfois une entremetteuse (femme qui intervient pour faire aboutir un mariage). Quels personnages de l'acte I correspondent à ces divers types ?

Rappelez-vous !
Dans l'acte I, Molière présente les personnages et les liens qui les unissent. Ainsi nous apprenons que les amours d'Élise pour Valère et de Cléante pour Mariane vont être contrariés par la tyrannie d'Harpagon, leur père, à laquelle les deux jeunes gens cherchent à échapper par tous les moyens. Nous découvrons d'autre part l'avarice obsessionnelle d'Harpagon et ses projets de mariage pour lui-même et pour sa fille. Toutes les données nécessaires à la compréhension de l'intrigue complexe de la pièce sont ainsi présentées. Il s'agit donc bien d'un acte d'exposition.

De la lecture à l'écriture

Des mots pour mieux écrire

❶ ***Complétez ce résumé à l'aide des mots suivants:*** **didascalie, exposition, apartés, quiproquo, subterfuge.**

La _________ initiale nous indique que la scène se déroule à Paris. La pièce débute par un dialogue entre Valère et Élise, la fille d'Harpagon. Valère, qui est tombé amoureux d'Élise après l'avoir sauvée de la noyade, a usé d'un _________ pour entrer dans la maison d'Harpagon. À travers les _________ d'Harpagon, nous apprenons qu'il a de l'argent caché. C'est après avoir dissipé un _________ que Cléante, le fils d'Harpagon, comprend que son père veut épouser celle qu'il aime. Tous les éléments de l'intrigue sont donc mis en place à la fin de l'acte: c'est bien un acte d'_________.

❷ ***Cherchez dans un dictionnaire le sens des mots suivants. Attention! Certains de ces mots n'avaient pas le même sens au XVIIe siècle que de nos jours:*** **obligeant, foi, feux, étonnant, fortune, honnête, pendard, bailler, soufflet, équipage.**

À vous d'écrire

❶ Dans la scène 1 de l'acte I, Élise évoque le moment où Valère l'a tirée de la noyade. Imaginez que le jeune homme raconte cette scène à son tour de façon plus détaillée. Rédigez son récit en une quinzaine de lignes.

Consigne. Valère présentera le cadre et les circonstances de cette aventure. Il fera part de ses émotions et rapportera les appels au secours d'Élise. Il racontera enfin le sauvetage et la naissance de leur amour.

❷ Élise vient d'avoir un entretien avec son frère. Elle écrit à une amie pour lui raconter l'amour naissant de Cléante pour la jeune inconnue et ses projets pour faire aboutir cet amour.
Consigne. Dans sa lettre visant à révéler l'amour de son frère pour Mariane, Élise laissera échapper son propre secret amoureux.

❸ Dans la scène 5 de l'acte I, Valère emploie un certain nombre d'arguments pour dissuader Harpagon de donner Élise en mariage au seigneur Anselme. Imaginez qu'il fasse le récit de cette scène à un ami.
Consigne. Ce récit reprendra les arguments exposés à Harpagon et laissera éclater l'indignation, la peur et la fureur du jeune homme.

Du texte à l'image

➡ Denis Podalydès (Harpagon) et Benjamin Jungers (Cléante) dans *L'Avare*, mise en scène de Catherine Hiegel à la Comédie-Française, 2009. (Photographie reproduite en début d'ouvrage au verso de la couverture.)

Lire l'image

❶ Décrivez le costume d'Harpagon puis le costume de Cléante. Vous semble-t-il qu'ils correspondent à ce qui est dit de ces deux personnages dans le premier acte ? Justifiez votre réponse.

Comparer le texte et l'image

❷ Placez sous cette photographie de mise en scène deux répliques qui leur correspondent. Commentez l'attitude des deux personnages.
❸ Quelle interprétation le metteur en scène donne-t-il ici de ces deux personnages ?

À vous de créer

❹ D'après les costumes de ces deux personnages, imaginez celui d'Élise. Vous pouvez faire un croquis coloré. Justifiez votre choix.

❺ Imaginez que vous vouliez monter *L'Avare* dans des costumes de notre époque. Comment habilleriez-vous ces trois personnages ? Pourquoi ?

Acte II

Scène 1

CLÉANTE, LA FLÈCHE

CLÉANTE. – Ah ! traître que tu es, où t'es-tu donc allé fourrer ? Ne t'avais-je pas donné ordre…

LA FLÈCHE. – Oui, Monsieur, et je m'étais rendu ici pour vous attendre de pied ferme ; mais Monsieur votre père, le plus malgracieux des hommes, m'a chassé dehors malgré moi, et j'ai couru risque d'être battu.

CLÉANTE. – Comment va notre affaire ? Les choses pressent plus que jamais ; et depuis que je ne t'ai vu, j'ai découvert que mon père est mon rival.

LA FLÈCHE. – Votre père amoureux ?

CLÉANTE. – Oui ; et j'ai eu toutes les peines du monde à lui cacher le trouble où cette nouvelle m'a mis.

LA FLÈCHE. – Lui se mêler d'aimer ! De quoi diable s'avise-t-il ? Se moque-t-il du monde ? Et l'amour a-t-il été fait pour des gens bâtis comme lui ?

CLÉANTE. – Il a fallu, pour mes péchés, que cette passion lui soit venue en tête.

LA FLÈCHE. – Mais par quelle raison[1] lui faire un mystère de votre amour ?

---

1. **Par quelle raison** : pour quelle raison.

CLÉANTE. – Pour lui donner moins de soupçon, et me conserver au besoin des ouvertures plus aisées pour détourner ce mariage. Quelle réponse t'a-t-on faite ?

LA FLÈCHE. – Ma foi ! Monsieur, ceux qui empruntent sont bien malheureux ; et il faut essuyer d'étranges choses lorsqu'on en est réduit à passer, comme vous, par les mains des fesse-mathieux[1].

CLÉANTE. – L'affaire ne se fera point ?

LA FLÈCHE. – Pardonnez-moi. Notre maître Simon, le courtier qu'on nous a donné, homme agissant et plein de zèle, dit qu'il a fait rage pour vous ; et il assure que votre seule physionomie lui a gagné le cœur.

CLÉANTE. – J'aurai les quinze mille francs[2] que je demande ?

LA FLÈCHE. – Oui ; mais à quelques petites conditions, qu'il faudra que vous acceptiez, si vous avez dessein que les choses se fassent.

CLÉANTE. – T'a-t-il fait parler à celui qui doit prêter l'argent ?

LA FLÈCHE. – Ah ! vraiment, cela ne va pas de la sorte. Il apporte encore plus de soin à se cacher que vous, et ce sont des mystères bien plus grands que vous ne pensez. On ne veut point du tout dire son nom, et l'on doit aujourd'hui l'aboucher[3] avec vous, dans une maison empruntée, pour être instruit, par votre bouche, de votre bien et de votre famille ; et je ne doute point que le seul nom de votre père ne rende les choses faciles.

CLÉANTE. – Et principalement notre mère étant morte, dont on ne peut m'ôter le bien.

LA FLÈCHE. – Voici quelques articles qu'il a dictés lui-même à notre entremetteur, pour vous être montrés, avant que de rien faire :

---

1. **Fesse-mathieux** : usuriers, personnes qui prêtent de l'argent avec des taux d'intérêt qui dépassent de beaucoup le taux légal.
2. **Quinze mille francs** sont équivalents à 1500 écus d'or.
3. **Aboucher** : faire se rencontrer.

Supposé que le prêteur voie toutes ses sûretés, et que l'emprunteur soit majeur, et d'une famille où le bien soit ample, solide, assuré, clair, et net de tout embarras, on fera une bonne et exacte obligation par-devant un notaire, le plus honnête homme qu'il se pourra, et qui, pour cet effet, sera choisi par le prêteur, auquel il importe le plus que l'acte soit dûment dressé.

CLÉANTE. – Il n'y a rien à dire à cela.

LA FLÈCHE. – Le prêteur, pour ne charger sa conscience d'aucun scrupule, prétend ne donner son argent qu'au denier dix-huit[1].

CLÉANTE. – Au denier dix-huit ! Parbleu ! voilà qui est honnête. Il n'y a pas lieu de se plaindre.

LA FLÈCHE. – Cela est vrai.

Mais comme ledit prêteur n'a pas chez lui la somme dont il est question, et que pour faire plaisir à l'emprunteur, il est contraint lui-même de l'emprunter d'un autre, sur le pied du denier cinq[2]*, il conviendra que ledit premier emprunteur paye cet intérêt, sans préjudice du reste*[3]*, attendu que ce n'est que pour l'obliger que ledit prêteur s'engage à cet emprunt.*

CLÉANTE. – Comment diable ! quel Juif, quel Arabe est-ce là ? C'est plus qu'au denier quatre[4].

LA FLÈCHE. – Il est vrai ; c'est ce que j'ai dit. Vous avez à voir là-dessus.

CLÉANTE. – Que veux-tu que je voie ? J'ai besoin d'argent ; et il faut bien que je consente à tout.

LA FLÈCHE. – C'est la réponse que j'ai faite.

CLÉANTE. – Il y a encore quelque chose ?

---

1. **Denier dix-huit** : taux d'intérêt à 5,5 %.
2. **Denier cinq** : taux à 20 %.
3. **Sans préjudice du reste** : sans compter le reste.
4. **Denier quatre** : taux à 25 %. (L'intérêt légal était de 5 %.)

La Flèche. – Ce n'est plus qu'un petit article.

Des quinze mille francs qu'on demande, le prêteur ne pourra compter en argent que douze mille livres, et pour les mille écus[1] *restants, il faudra que l'emprunteur prenne les hardes, nippes*[2] *et bijoux dont s'ensuit le mémoire, et que ledit prêteur a mis, de bonne foi, au plus modique prix qu'il lui a été possible.*

Cléante. – Que veut dire cela ?

La Flèche. – Écoutez le mémoire.

Premièrement, un lit de quatre pieds[3], *à bandes de point de Hongrie*[4], *appliquées fort proprement sur un drap de couleur d'olive, avec six chaises et la courtepointe*[5] *de même; le tout bien conditionné, et doublé d'un petit taffetas changeant*[6] *rouge et bleu.*

Plus, un pavillon à queue[7], *d'une bonne serge d'Aumale rose-sèche, avec le mollet*[8] *et les franges de soie.*

Cléante. – Que veut-il que je fasse de cela ?

La Flèche. – Attendez.

Plus, une tenture de tapisserie des amours de Gombaut et de Macée[9].

Plus, une grande table de bois de noyer, à douze colonnes ou piliers tournés, qui se tire par les deux bouts, et garnie par le dessous de ses six escabelles[10].

---

1. **1 franc = 1 livre**, donc 12 000 livres = 12 000 francs.
1000 écus (ici d'argent) = 3 000 francs/livres.
Ces 1000 écus d'argent (20 % de la somme à emprunter) équivalent à peu près à 30 000 euros actuels.
2. **Hardes, nippes** : vieux vêtements.
3. **Quatre pieds** : environ 1,30 mètre (1 pied = 32,4 cm).
4. **Point de Hongrie** : point de dentelle.
5. **Courtepointe** : dessus de lit.
6. **Taffetas changeant** : soie à reflet.
7. **Pavillon à queue** : tissu disposé au dessus du lit des valets.
8. **Mollet** : courte frange.
9. **Gombaut et Macée** : héros de roman.
10. **Escabelles** : tabourets.

Cléante. – Qu'ai-je affaire, morbleu… ?

La Flèche. – Donnez-vous patience.

Plus, trois gros mousquets[1] *tout garnis de nacre de perles, avec les trois fourchettes assortissantes.*

Plus, un fourneau de brique, avec deux cornues[2]*, et trois récipients, fort utiles à ceux qui sont curieux de distiller.*

Cléante. – J'enrage.

La Flèche. – Doucement.

Plus, un luth de Bologne, garni de toutes ses cordes, ou peu s'en faut.

Plus, un trou-madame[3]*, et un damier, avec un jeu de l'oie renouvelé des Grecs, fort propres à passer le temps lorsque l'on n'a que faire.*

Plus, une peau de lézard de trois pieds et demi, remplie de foin, curiosité agréable pour pendre au plancher[4] *d'une chambre.*

Le tout, ci-dessus mentionné, valant loyalement plus de quatre mille cinq cents livres, et rabaissé à la valeur de mille écus, par la discrétion[5] *du prêteur.*

Cléante. – Que la peste l'étouffe avec sa discrétion, le traître, le bourreau qu'il est ! A-t-on jamais parlé d'une usure[6] semblable ? Et n'est-il pas content du furieux intérêt qu'il exige, sans vouloir encore m'obliger à prendre, pour trois mille livres, les vieux rogatons[7] qu'il ramasse ? Je n'aurai pas deux cents écus de tout cela ; et cependant il faut bien me résoudre à consentir à ce qu'il veut ; car il est en état de me faire tout accepter, et il me tient, le scélérat, le poignard sur la gorge.

---

1. **Mousquets** : armes à feu.
2. **Cornues** : récipients de verre recourbés employés pour les expériences de chimie.
3. **Trou-madame** : petit billard.
4. **Plancher** : plafond.
5. **La discrétion** : la modération.
6. **Usure** : prêt avec des intérêts exorbitants.
7. **Rogatons** : objets sans valeur.

La Flèche. – Je vous vois, Monsieur, ne vous en déplaise, dans le grand chemin justement que tenait Panurge[1] pour se ruiner, prenant argent d'avance, achetant cher, vendant à bon marché, et mangeant son blé en herbe[2].

Cléante. – Que veux-tu que j'y fasse ? Voilà où les jeunes gens sont réduits par la maudite avarice des pères ; et on s'étonne après cela que les fils souhaitent qu'ils meurent.

La Flèche. – Il faut avouer que le vôtre animerait contre sa vilenie le plus posé homme du monde. Je n'ai pas, Dieu merci, les inclinations fort patibulaires[3] ; et parmi mes confrères que je vois se mêler de beaucoup de petits commerces, je sais tirer adroitement mon épingle du jeu, et me démêler prudemment de toutes les galanteries[4] qui sentent tant soit peu l'échelle[5] ; mais, à vous dire vrai, il me donnerait, par ses procédés, des tentations de le voler ; et je croirais, en le volant, faire une action méritoire.

Cléante. – Donne-moi un peu ce mémoire, que je le voie encore.

Scène 2

Maître Simon, Harpagon, Cléante, La Flèche

Maître Simon. – Oui, Monsieur, c'est un jeune homme qui a besoin d'argent. Ses affaires le pressent d'en trouver, et il en passera par tout ce que vous en prescrirez.

---

1. **Panurge** : héros des romans de Rabelais.
2. **Mangeant son blé en herbe** : dépensant son argent avant de l'avoir touché.
3. **Je n'ai pas les inclinations fort patibulaires** : je n'ai guère envie d'être pendu.
4. **Galanteries** : ruses.
5. **Sentent l'échelle** : sentent la potence.

Harpagon. – Mais croyez-vous, maître Simon, qu'il n'y ait rien à péricliter[1] ? et savez-vous le nom, les biens et la famille de celui pour qui vous parlez ?

Maître Simon. – Non, je ne puis pas bien vous en instruire à fond, et ce n'est que par aventure que l'on m'a adressé à lui ; mais vous serez de toutes choses éclairci par lui-même ; et son homme m'a assuré que vous serez content, quand vous le connaîtrez. Tout ce que je saurais vous dire, c'est que sa famille est fort riche, qu'il n'a plus de mère déjà, et qu'il s'obligera, si vous voulez, que son père mourra avant qu'il soit huit mois.

Harpagon. – C'est quelque chose que cela. La charité, maître Simon, nous oblige à faire plaisir aux personnes, lorsque nous le pouvons.

Maître Simon. – Cela s'entend.

La Flèche. – Que veut dire ceci ? Notre maître Simon qui parle à votre père.

Cléante. – Lui aurait-on appris qui je suis ? et serais-tu pour nous trahir ?

Maître Simon. – Ah ! ah ! vous êtes bien pressés ! Qui vous a dit que c'était céans[2] ? Ce n'est pas moi, Monsieur, au moins, qui leur ai découvert votre nom et votre logis ; mais, à mon avis, il n'y a pas grand mal à cela. Ce sont des personnes discrètes, et vous pouvez ici vous expliquer ensemble.

Harpagon. – Comment ?

Maître Simon. – Monsieur est la personne qui veut vous emprunter les quinze mille livres dont je vous ai parlé.

Harpagon. – Comment, pendard ? c'est toi qui t'abandonnes à ces coupables extrémités ?

---

1. **Péricliter** : mettre en danger.
2. **Céans** : ici.

Cléante. – Comment, mon père ? c'est vous qui vous portez à ces honteuses actions ?

Harpagon. – C'est toi qui te veux ruiner par des emprunts si condamnables ?

Cléante. – C'est vous qui cherchez à vous enrichir par des usures si criminelles ?

Harpagon. – Oses-tu bien, après cela, paraître devant moi ?

Cléante. – Osez-vous bien, après cela, vous présenter aux yeux du monde ?

Harpagon. – N'as-tu point de honte, dis-moi, d'en venir à ces débauches-là ? de te précipiter dans des dépenses effroyables ? et de faire une honteuse dissipation du bien que tes parents t'ont amassé avec tant de sueurs ?

Cléante. – Ne rougissez-vous point de déshonorer votre condition par les commerces que vous faites ? de sacrifier gloire et réputation au désir insatiable d'entasser écu sur écu, et de renchérir, en fait d'intérêts, sur les plus infâmes subtilités qu'aient jamais inventées les plus célèbres usuriers ?

Harpagon. – Ôte-toi de mes yeux, coquin ! ôte-toi de mes yeux !

Cléante. – Qui est plus criminel, à votre avis, ou celui qui achète un argent dont il a besoin, ou bien celui qui vole un argent dont il n'a que faire ?

Harpagon. – Retire-toi, te dis-je, et ne m'échauffe pas les oreilles. Je ne suis pas fâché de cette aventure ; et ce m'est un avis[1] de tenir l'œil, plus que jamais, sur toutes ses actions.

1. **Ce m'est un avis** : cela me conseille.

Scène 3

FROSINE, HARPAGON

FROSINE. – Monsieur…

HARPAGON. – Attendez un moment ; je vais revenir vous parler. Il est à propos que je fasse un petit tour à mon argent.

Scène 4

LA FLÈCHE, FROSINE

LA FLÈCHE. – L'aventure est tout à fait drôle. Il faut bien qu'il ait quelque part un ample magasin de hardes ; car nous n'avons rien reconnu au mémoire que nous avons.

FROSINE. – Hé ! c'est toi, mon pauvre La Flèche ? D'où vient cette rencontre ?

LA FLÈCHE. – Ah ! ah ! c'est toi, Frosine. Que viens-tu faire ici ?

FROSINE. – Ce que je fais partout ailleurs : m'entremettre d'affaires, me rendre serviable aux gens, et profiter du mieux qu'il m'est possible des petits talents que je puis avoir. Tu sais que dans ce monde il faut vivre d'adresse, et qu'aux personnes comme moi le Ciel n'a donné d'autres rentes[1] que l'intrigue et que l'industrie[2].

LA FLÈCHE. – As-tu quelque négoce avec le patron du logis ?

---

1. **Rentes** : revenus.
2. **Industrie** : habileté.

Frosine. – Oui, je traite pour lui quelque petite affaire, dont j'espère une récompense.

La Flèche. – De lui ? Ah, ma foi ! tu seras bien fine si tu en tires quelque chose ; et je te donne avis que l'argent céans est fort cher.

Frosine. – Il y a de certains services qui touchent merveilleusement.

La Flèche. – Je suis votre valet[1], et tu ne connais pas encore le seigneur Harpagon. Le seigneur Harpagon est de tous les humains l'humain le moins humain, le mortel de tous les mortels le plus dur et le plus serré[2]. Il n'est point de service qui pousse sa reconnaissance jusqu'à lui faire ouvrir les mains. De la louange, de l'estime, de la bienveillance en paroles et de l'amitié tant qu'il vous plaira ; mais de l'argent, point d'affaires. Il n'est rien de plus sec et de plus aride que ses bonnes grâces et ses caresses ; et *donner* est un mot pour qui il a tant d'aversion[3], qu'il ne dit jamais : *Je vous donne*, mais : *Je vous prête le bonjour.*

Frosine. – Mon Dieu ! je sais l'art de traire les hommes[4] ; j'ai le secret de m'ouvrir leur tendresse, de chatouiller leurs cœurs, de trouver les endroits par où ils sont sensibles.

La Flèche. – Bagatelles[5] ici. Je te défie d'attendrir, du côté de l'argent, l'homme dont il est question. Il est Turc[6] là-dessus, mais d'une turquerie à désespérer tout le monde ; et l'on pourrait crever, qu'il n'en branlerait[7] pas. En un mot, il aime l'argent, plus que réputation, qu'honneur et que vertu ; et la vue d'un demandeur lui donne des convulsions. C'est le frapper par son

---

1. **Je suis votre valet** : formule de politesse pour exprimer un refus.
2. **Serré** : avare.
3. **Aversion** : haine.
4. **Traire les hommes** : tirer du profit des hommes.
5. **Bagatelles** : choses de peu d'importance, ici équivalent à : « cela ne sert à rien ».
6. **Turc** : cruel, dur.
7. **Il n'en branlerait pas** : il ne bougerait pas.

endroit mortel, c'est lui percer le cœur, c'est lui arracher les entrailles ; et si… Mais il revient ; je me retire.

Scène 5

HARPAGON, FROSINE

HARPAGON. – Tout va comme il faut. Hé bien ! qu'est-ce, Frosine ?

FROSINE. – Ah, mon Dieu ! que vous vous portez bien ! et que vous avez là un vrai visage de santé !

HARPAGON. – Qui, moi ?

FROSINE. – Jamais je ne vous vis un teint si frais et si gaillard.

HARPAGON. – Tout de bon ?

FROSINE. – Comment ? vous n'avez de votre vie été si jeune que vous êtes ; et je vois des gens de vingt-cinq ans qui sont plus vieux que vous.

HARPAGON. – Cependant, Frosine, j'en ai soixante bien comptés.

FROSINE. – Hé bien ! qu'est-ce que cela, soixante ans ? Voilà bien de quoi ! C'est la fleur de l'âge cela, et vous entrez maintenant dans la belle saison de l'homme.

HARPAGON. – Il est vrai ; mais vingt années de moins pourtant ne me feraient point de mal, que je crois.

FROSINE. – Vous moquez-vous ? Vous n'avez pas besoin de cela, et vous êtes d'une pâte à vivre jusques à cent ans.

HARPAGON. – Tu le crois ?

Frosine. – Assurément. Vous en avez toutes les marques. Tenez-vous[1] un peu. Ô que voilà bien là, entre vos deux yeux, un signe de longue vie !

Harpagon. – Tu te connais à cela ?

Frosine. – Sans doute. Montrez-moi votre main. Ah ! mon Dieu ! quelle ligne de vie !

Harpagon. – Comment ?

Frosine. – Ne voyez-vous pas jusqu'où va cette ligne-là ?

Harpagon. – Hé bien ! qu'est-ce que cela veut dire ?

Frosine. – Par ma foi ! je disais cent ans ; mais vous passerez les six-vingts[2].

Harpagon. – Est-il possible ?

Frosine. – Il faudra vous assommer, vous dis-je ; et vous mettrez en terre et vos enfants, et les enfants de vos enfants.

Harpagon. – Tant mieux. Comment va notre affaire ?

Frosine. – Faut-il le demander ? et me voit-on mêler de rien dont je ne vienne à bout ? J'ai surtout pour les mariages un talent merveilleux ; il n'est point de partis au monde que je ne trouve en peu de temps le moyen d'accoupler ; et je crois, si je me l'étais mis en tête, que je marierais le Grand Turc avec la République de Venise[3]. Il n'y avait pas sans doute de si grandes difficultés à cette affaire-ci. Comme j'ai commerce chez elles, je les ai à fond l'une et l'autre entretenues de vous, et j'ai dit à la mère le dessein que vous aviez conçu pour Mariane, à la voir passer dans la rue, et prendre l'air à sa fenêtre.

---

1. **Tenez-vous** : approchez-vous.
2. **Six-vingts** : cent vingt.
3. **Le Grand Turc avec la République de Venise** : les Turcs et Venise étaient en conflit à l'époque de Molière.

Harpagon. – Qui a fait réponse…

Frosine. – Elle a reçu la proposition avec joie ; et quand je lui ai témoigné que vous souhaitiez fort que sa fille assistât ce soir au contrat de mariage qui se doit faire de la vôtre, elle y a consenti sans peine, et me l'a confiée pour cela.

Harpagon. – C'est que je suis obligé, Frosine, de donner à souper au seigneur Anselme ; et je serais bien aise qu'elle soit du régale[1].

Frosine. – Vous avez raison. Elle doit après dîner[2] rendre visite à votre fille, d'où elle fait son compte d'aller faire un tour à la foire, pour venir ensuite au souper.

Harpagon. – Hé bien ! elles iront ensemble dans mon carrosse, que je leur prêterai.

Frosine. – Voilà justement son affaire.

Harpagon. – Mais, Frosine, as-tu entretenu la mère touchant le bien qu'elle peut donner à sa fille ? Lui as-tu dit qu'il fallait qu'elle s'aidât un peu, qu'elle fît quelque effort, qu'elle se saignât pour une occasion comme celle-ci ? Car encore n'épouse-t-on point une fille, sans qu'elle apporte quelque chose.

Frosine. – Comment ? c'est une fille qui vous apportera douze mille livres[3] de rente.

Harpagon. – Douze mille livres de rente !

Frosine. – Oui. Premièrement, elle est nourrie et élevée dans une grande épargne de bouche ; c'est une fille accoutumée à vivre de salade, de lait, de fromage et de pommes, et à laquelle par conséquent il ne faudra ni table bien servie, ni consommés[4]

---

1. **Régale** (aujourd'hui écrit « régal ») : festin.
2. **Dîner** : déjeuner ; ce que nous appelons dîner s'appelait souper.
3. **Douze mille livres** = 1200 écus d'or (120 000 euros environ).
4. **Consommés** : bouillons.

exquis, ni orges mondés[1] perpétuels, ni les autres délicatesses qu'il faudrait pour une autre femme ; et cela ne va pas à si peu de chose, qu'il ne monte bien, tous les ans, à trois mille francs pour le moins. Outre cela, elle n'est curieuse que d'une propreté fort simple, et n'aime point les superbes habits, ni les riches bijoux, ni les meubles somptueux, où donnent ses pareilles avec tant de chaleur ; et cet article-là vaut plus de quatre mille livres par an. De plus, elle a une aversion horrible pour le jeu, ce qui n'est pas commun aux femmes d'aujourd'hui ; et j'en sais une de nos quartiers qui a perdu, à trente-et-quarante[2], vingt mille francs cette année. Mais n'en prenons rien que le quart. Cinq mille francs au jeu par an, et quatre mille francs en habits et bijoux, cela fait neuf mille livres ; et mille écus que nous mettons pour la nourriture, ne voilà-t-il pas par année vos douze mille francs bien comptés ?

Harpagon. – Oui, cela n'est pas mal ; mais ce compte-là n'est rien de réel.

Frosine. – Pardonnez-moi. N'est-ce pas quelque chose de réel, que de vous apporter en mariage une grande sobriété, l'héritage d'un grand amour de simplicité de parure, et l'acquisition d'un grand fonds de haine pour le jeu ?

Harpagon. – C'est une raillerie que de vouloir me constituer son dot[3] de toutes les dépenses qu'elle ne fera point. Je n'irai pas donner quittance[4] de ce que je ne reçois pas ; et il faut bien que je touche quelque chose.

Frosine. – Mon Dieu ! vous toucherez assez ; et elles m'ont parlé d'un certain pays où elles ont du bien dont vous serez le maître.

---

1. **Orges mondés** : boisson à base d'orge dont on a retiré l'écorce.
2. **Trente-et-quarante** : jeu de cartes.
3. **Dot** : argent qu'on donnait à une fille quand elle se mariait (le mot « dot » est féminin aujourd'hui).
4. **Quittance** : écrit reconnaissant qu'on a payé son dû.

Harpagon. – Il faudra voir cela. Mais, Frosine, il y a encore une chose qui m'inquiète. La fille est jeune, comme tu vois ; et les jeunes gens d'ordinaire n'aiment que leurs semblables, ne cherchent que leur compagnie. J'ai peur qu'un homme de mon âge ne soit pas de son goût ; et que cela ne vienne à produire chez moi certains petits désordres qui ne m'accommoderaient pas.

Frosine. – Ah ! que vous la connaissez mal ! C'est encore une particularité que j'avais à vous dire. Elle a une aversion épouvantable pour tous les jeunes gens, et n'a de l'amour que pour les vieillards.

Harpagon. – Elle ?

Frosine. – Oui, elle. Je voudrais que vous l'eussiez entendue parler là-dessus. Elle ne peut souffrir du tout la vue d'un jeune homme ; mais elle n'est point plus ravie, dit-elle, que lorsqu'elle peut voir un beau vieillard avec une barbe majestueuse. Les plus vieux sont pour elle les plus charmants, et je vous avertis de n'aller pas vous faire plus jeune que vous êtes. Elle veut tout au moins qu'on soit sexagénaire ; et il n'y a pas quatre mois encore, qu'étant prête d'être mariée, elle rompit tout net le mariage, sur ce que[1] son amant fit voir qu'il n'avait que cinquante-six ans, et qu'il ne prit point de lunettes pour signer le contrat.

Harpagon. – Sur cela seulement ?

Frosine. – Oui. Elle dit que ce n'est pas contentement pour elle que cinquante-six ans ; et surtout, elle est pour les nez qui portent des lunettes.

Harpagon. – Certes, tu me dis là une chose toute nouvelle.

Frosine. – Cela va plus loin qu'on ne vous peut dire. On lui voit dans sa chambre quelques tableaux et quelques estampes ; mais

---

1. **Sur ce que** : parce que.

que pensez-vous que ce soit ? Des Adonis ? des Céphales ? des Pâris ? et des Apollons[1] ? Non : de beaux portraits de Saturne, du roi Priam, du vieux Nestor, et du bon père Anchise[2] sur les épaules de son fils.

HARPAGON. – Cela est admirable ! Voilà ce que je n'aurais jamais pensé ; et je suis bien aise d'apprendre qu'elle est de cette humeur. En effet, si j'avais été femme, je n'aurais point aimé les jeunes hommes.

FROSINE. – Je le crois bien. Voilà de belles drogues[3] que des jeunes gens, pour les aimer ! Ce sont de beaux morveux, de beaux godelureaux[4], pour donner envie de leur peau ; et je voudrais bien savoir quel ragoût il y a à eux[5].

HARPAGON. – Pour moi, je n'y en comprends point ; et je ne sais pas comment il y a des femmes qui les aiment tant.

FROSINE. – Il faut être folle fieffée. Trouver la jeunesse aimable ! est-ce avoir le sens commun ? Sont-ce des hommes que de jeunes blondins[6] ? et peut-on s'attacher à ces animaux-là ?

HARPAGON. – C'est ce que je dis tous les jours ; avec leur ton de poule laitée[7], et leurs trois petits brins de barbe relevés en barbe

---

1. **Adonis** : dans la mythologie, jeune et bel amant d'Aphrodite, déesse de la beauté et de l'amour. **Céphales** : beau jeune homme de la mythologie, amant d'Aurore. **Pâris** : jeune homme très beau à qui les déesses avaient demandé de choisir la plus belle parmi elles ; c'est ce qui déclenche les rivalités qui donnent naissance à la guerre de Troie. **Apollon** : dieu du soleil, lui aussi très beau.
2. **Saturne** : père de Jupiter, ce dieu est toujours représenté comme un vieillard. **Priam** : roi de Troie, qui était d'un âge avancé lorsqu'éclata la guerre de Troie. **Nestor** : héros de la guerre de Troie qui vécut particulièrement vieux ; juste et sage, ses conseils étaient respectés de tous. **Anchise** : père d'Énée, que son fils porta sur ses épaules pour fuir Troie incendiée ; il s'éteindra à un âge très avancé.
3. **Drogues** : choses de peu de valeur.
4. **Godelureaux** : jeunes hommes coquets.
5. **Quel ragoût il y a à eux** : ce qui attire chez eux.
6. **Blondins** : jeunes hommes avec une perruque blonde.
7. **Ton de poule laitée** : ton efféminé.

de chat, leurs perruques d'étoupes[1], leurs hauts-de-chausses tout tombants, et leurs estomacs débraillés.

Frosine. – Eh ! cela est bien bâti, auprès d'une personne comme vous. Voilà un homme cela. Il y a là de quoi satisfaire à la vue ; et c'est ainsi qu'il faut être fait, et vêtu, pour donner de l'amour.

Harpagon. – Tu me trouves bien ?

Frosine. – Comment ? vous êtes à ravir, et votre figure est à peindre. Tournez-vous un peu, s'il vous plaît. Il ne se peut pas mieux. Que je vous voie marcher. Voilà un corps taillé, libre, et dégagé comme il faut, et qui ne marque aucune incommodité[2].

Harpagon. – Je n'en ai pas de grandes, Dieu merci. Il n'y a que ma fluxion[3], qui me prend de temps en temps.

Frosine. – Cela n'est rien. Votre fluxion ne vous sied point mal, et vous avez grâce à tousser.

Harpagon. – Dis-moi un peu : Mariane ne m'a-t-elle point encore vu ? N'a-t-elle point pris garde à moi en passant ?

Frosine. – Non ; mais nous nous sommes fort entretenues de vous. Je lui ai fait un portrait de votre personne ; et je n'ai pas manqué de lui vanter votre mérite, et l'avantage que ce lui serait d'avoir un mari comme vous.

Harpagon. – Tu as bien fait, et je t'en remercie.

Frosine. – J'aurais, Monsieur, une petite prière à vous faire. *(Il prend un air sévère.)* J'ai un procès que je suis sur le point de perdre, faute d'un peu d'argent ; et vous pourriez facilement me procurer le gain de ce procès, si vous aviez quelque bonté pour moi. *(Il reprend un air gai.)* Vous ne sauriez croire le plaisir qu'elle aura de vous voir. Ah ! que vous lui plairez ! et que votre

1. **Étoupes** : fibres grossières d'origine végétale.
2. **Incommodité** : infirmité.
3. **Fluxion** : toux.

fraise[1] à l'antique fera sur son esprit un effet admirable ! Mais surtout elle sera charmée de votre haut-de-chausses, attaché au pourpoint avec des aiguillettes : c'est pour la rendre folle de vous ; et un amant aiguilleté sera pour elle un ragoût merveilleux.

Harpagon. – Certes, tu me ravis de me dire cela.

Frosine. – *(Il reprend son visage sévère.)* En vérité, Monsieur, ce procès m'est d'une conséquence tout à fait grande. Je suis ruinée, si je le perds ; et quelque petite assistance me rétablirait mes affaires. *(Il reprend un air gai.)* Je voudrais que vous eussiez vu le ravissement où elle était à m'entendre parler de vous. La joie éclatait dans ses yeux, au récit de vos qualités ; et je l'ai mise enfin dans une impatience extrême de voir ce mariage entièrement conclu.

Harpagon. – Tu m'as fait grand plaisir, Frosine ; et je t'en ai, je te l'avoue, toutes les obligations[2] du monde.

Frosine. – *(Il reprend son air sérieux.)* Je vous prie, Monsieur, de me donner le petit secours que je vous demande. Cela me remettra sur pied, et je vous en serai éternellement obligée.

Harpagon. – Adieu. Je vais achever mes dépêches.

Frosine. – Je vous assure, Monsieur, que vous ne sauriez jamais me soulager dans un plus grand besoin.

Harpagon. – Je mettrai ordre que mon carrosse soit tout prêt pour vous mener à la foire.

Frosine. – Je ne vous importunerais pas, si je ne m'y voyais forcée par la nécessité[3].

Harpagon. – Et j'aurai soin qu'on soupe de bonne heure, pour ne vous point faire malades.

---

1. **Fraise** : collerette démodée à l'époque de *L'Avare*.
2. **Toutes les obligations** : toute la reconnaissance.
3. **Nécessité** : misère.

Frosine. – Ne me refusez pas la grâce dont je vous sollicite. Vous ne sauriez croire, Monsieur, le plaisir que…

Harpagon. – Je m'en vais. Voilà qu'on m'appelle. Jusqu'à tantôt.

Frosine. – Que la fièvre te serre[1], chien de vilain à tous les diables ! Le ladre a été ferme à toutes mes attaques ; mais il ne me faut pas pourtant quitter la négociation ; et j'ai l'autre côté, en tout cas, d'où je suis assurée de tirer bonne récompense.

1. **Te serre** : t'étouffe.

Arrêt sur lecture 2

Un quiz pour commencer

Cochez les bonnes réponses.

❶ *Auprès de qui La Flèche est-il intervenu pour venir en aide à Cléante ?*

- ❒ Auprès d'un prêteur officiel.
- ❒ Auprès d'Harpagon.
- ❒ Auprès de Maître Simon.

❷ *Quelle garantie le prêteur a-t-il d'être remboursé ?*

- ❒ Cléante est le fils d'Harpagon, dont la richesse est connue de tous.
- ❒ La mère de Cléante est morte, il est donc l'héritier.
- ❒ Cléante a un bon métier.

❸ *Qui le prêteur se révèle-t-il être ?*

- ❒ Valère.
- ❒ Harpagon.
- ❒ Maître Simon.

❹ ***Où le prêteur et l'emprunteur se rencontrent-ils ?***

❒ Dans une maison isolée.

❒ Chez Harpagon.

❒ Chez Maître Simon.

❺ ***Pour faciliter quel mariage Frosine intervient-elle ?***

❒ Celui d'Harpagon et de Mariane.

❒ Celui de Cléante et de Mariane.

❒ Celui de Valère et d'Élise.

❻ ***Quel bénéfice Frosine espère-t-elle tirer de son entremise ?***

❒ Qu'Harpagon épouse Mariane.

❒ Qu'Harpagon lui donne une somme d'argent comme récompense.

❒ Qu'Harpagon devienne raisonnable.

❼ ***Comment Frosine présente-t-elle Mariane à Harpagon ?***

❒ Comme une jeune fille qui aime les vieillards.

❒ Comme une jeune fille qui a une dot.

❒ Comme une jeune fille amoureuse de Valère.

❽ ***De quoi est constituée, selon Frosine, la dot de Mariane ?***

❒ De 12 000 livres de rente.

❒ Du fait qu'elle est pauvre, mange peu, n'est pas coquette, ni joueuse.

❒ Des revenus qui lui viendront de son père.

Des questions pour aller plus loin

Étudier le rôle des valets dans le déroulement de l'intrigue

La Flèche et l'intrigue financière

❶ Dans la scène 1, quel rôle La Flèche joue-t-il auprès de Cléante ? Précisez quels sont les différents personnages en jeu dans l'affaire du prêt demandé par le jeune homme.
❷ Quels sentiments Cléante éprouve-t-il successivement tout au long de cette première scène ? Appuyez votre réponse sur quelques citations et sur le repérage des deux types de phrases les plus fréquents dans les répliques du jeune homme.
❸ Comment la scène 2 introduit-elle progressivement la confrontation entre le père et le fils ? Grâce à quel procédé comique Harpagon et Cléante restent-ils seuls en scène ?
❹ Quel rôle La Flèche joue-t-il dans la scène 4 ?

Frosine et l'intrigue amoureuse

❺ Comment Frosine définit-elle son rôle dans la scène 4 ? Justifiez votre réponse en citant le texte.
❻ Quels sujets d'inquiétude Harpagon révèle-t-il à Frosine dans la scène 6 ? Quel art Frosine manifeste-t-elle dans ses réponses ?
❼ Sur quel point Frosine échoue-t-elle dans cette scène ? Retrouvez, dans les scènes précédentes, les paroles de la Flèche qui laissaient prévoir cet échec.
❽ La scène 6 fait-elle avancer l'action ? Relevez, en vous appuyant sur le texte, les différents types de comique utilisés dans cette dernière scène de l'acte II.

Un maître tyrannique

❾ À la fin de la scène 1, à quel souhait l'avarice d'Harpagon conduit-elle son fils ? À quelle tentation conduit-elle La Flèche ?
❿ Dans la scène 2, la communication est-elle possible entre le père et le fils ? Que répondriez-vous personnellement à la question posée par Cléante à la fin de cette scène (l. 52-54, p. 52) ?
⓫ À la fin de la scène 5 (l. 168-204, p. 61-63), comment qualifieriez-vous l'attitude d'Harpagon ? Appuyez-vous en particulier sur les didascalies pour répondre.
⓬ Comment répond finalement Frosine à la dureté de l'avare ? Comment interprétez-vous sa dernière réplique (l. 205-208, p. 63) ?
⓭ Quelles sont les scènes de cet acte qui font véritablement avancer l'action ? Quelles sont celles qui ont une fonction essentiellement comique ?
⓮ En quoi pourriez-vous dire que Molière critique la société de son temps dans cet acte ?

Rappelez-vous !
Le comique dans cet acte où les valets mènent le jeu prend tous les aspects, du plus farcesque au plus profond grinçant. On rit surtout du vice d'Harpagon et de la façon dont il se fait berner, mais la société qui est ainsi peinte par Molière est cruelle, hypocrite, violente, individualiste, égoïste : Harpagon prête à des taux abusifs, Cléante espère la mort de son père, Frosine gagne sa vie en arrangeant des mariages contre-nature et La Flèche rêve de voler son maître !

De la lecture à l'écriture

Des mots pour mieux écrire

❶ ***Retrouvez dans la liste suivante les quatre synonymes d'« avare ». Donnez le sens des quatre autres mots et précisez à quel champ lexical ils appartiennent :*** fesse-mathieu, pendard, scélérat, serré, chien de vilain, ladre, faquin, gueux.

❷ ***Remplacez les tirets dans les phrases qui suivent par des mots issus de la liste présentée dans l'exercice 1 (plusieurs solutions sont possibles).***

Dis-moi, _________, pourquoi ne veux-tu pas me donner la somme que tu me dois ? Tu mériterais la pire des punitions, _________! Tu n'es qu'un _________!, _________ !, _________ !

❸ ***Trouvez, pour chacun de ces termes fréquents dans L'Avare, un mot de la même famille avec lequel vous compléterez chacune des phrases suivantes :*** nécessité, rentes, négoce, usure, industrie.

a. Cette femme n'a jamais travaillé mais elle vit confortablement : c'est une _________.
b. Frosine fait preuve d'une grande habileté : on pouvait dire d'elle, au temps de Molière, que c'était une personne _________.
c. Mon voisin pourrait vendre n'importe quoi : c'est un bon _________.
d. Cet avare pratique des prêts à des taux scandaleux pour s'enrichir plus encore : c'est un_________.
e. Ce pauvre homme vit dans la plus grande pauvreté : c'est un _________.

À vous d'écrire

❶ Frosine sort de chez Harpagon à qui elle a dit combien Mariane aimait les vieillards. Elle rencontre une amie, à qui, en riant et se moquant, elle raconte cette scène. Imaginez et rédigez son récit en une vingtaine de lignes.
Consigne. Relisez l'acte II, scène 5 pour vous appuyer sur les arguments mis en valeur par Frosine et sur les réactions d'Harpagon. Vous les réutiliserez en mettant en avant leur ridicule.

❷ Inventez un monologue d'Harpagon dans lequel il se remémore la demande d'argent de Frosine.
Consigne. Harpagon bougonne contre les demandeurs d'argent et se réjouit de sa façon de savoir escamoter leur requête. Alternez les deux attitudes de l'avare dans votre monologue. N'oubliez pas le caractère obsessionnel du personnage.

Acte III

Scène 1

HARPAGON, CLÉANTE, ÉLISE, VALÈRE, DAME CLAUDE, MAÎTRE JACQUES, BRINDAVOINE, LA MERLUCHE

HARPAGON. – Allons, venez çà tous, que je vous distribue mes ordres pour tantôt et règle à chacun son emploi. Approchez, dame Claude. Commençons par vous. *(Elle tient un balai.)* Bon, vous voilà les armes à la main. Je vous commets au[1] soin de nettoyer partout ; et surtout prenez garde de ne point frotter les meubles trop fort, de peur de les user. Outre cela, je vous constitue, pendant le souper, au gouvernement des bouteilles ; et s'il s'en écarte quelqu'une et qu'il se casse quelque chose, je m'en prendrai à vous, et le rabattrai sur vos gages[2].

MAÎTRE JACQUES. – Châtiment politique[3].

HARPAGON. – Allez. Vous, Brindavoine, et vous, La Merluche, je vous établis dans la charge de rincer les verres, et de donner à boire, mais seulement lorsque l'on aura soif, et non pas selon la coutume de certains impertinents de laquais, qui viennent provoquer les gens, et les faire aviser de boire lorsqu'on n'y songe pas. Attendez qu'on vous en demande plus d'une fois, et vous ressouvenez de porter toujours beaucoup d'eau.

MAÎTRE JACQUES. – Oui, le vin pur monte à la tête.

LA MERLUCHE. – Quitterons-nous nos siquenilles[4], Monsieur ?

---

1. **Je vous commets à** : je vous charge de.
2. **Le rabattrai sur vos gages** : le déduirai de votre salaire.
3. **Politique** : guidé par l'intérêt.
4. **Siquenilles** : sorte de blouses grossières qui protègent les habits des valets.

Harpagon. – Oui, quand vous verrez venir les personnes ; et gardez bien de gâter vos habits.

Brindavoine. – Vous savez bien, Monsieur, qu'un des devants de mon pourpoint est couvert d'une grande tache de l'huile de la lampe.

La Merluche. – Et moi, Monsieur, que j'ai mon haut-de-chausses tout troué par derrière, et qu'on me voit, révérence parler[1]…

Harpagon. – Paix. Rangez cela adroitement du côté de la muraille, et présentez toujours le devant au monde. *(Harpagon met son chapeau au-devant de son pourpoint, pour montrer à Brindavoine comment il doit faire pour cacher la tache d'huile.)* Et vous, tenez toujours votre chapeau ainsi, lorsque vous servirez. Pour vous, ma fille, vous aurez l'œil sur ce que l'on desservira, et prendrez garde qu'il ne s'en fasse aucun dégât. Cela sied bien aux filles. Mais cependant préparez-vous à bien recevoir ma maîtresse[2], qui vous doit venir visiter et vous mener avec elle à la foire. Entendez-vous[3] ce que je vous dis ?

Élise. – Oui, mon père.

Harpagon. – Et vous, mon fils le damoiseau, à qui j'ai la bonté de pardonner l'histoire de tantôt, ne vous allez pas aviser non plus de lui faire mauvais visage.

Cléante. – Moi, mon père, mauvais visage ? Et par quelle raison ?

Harpagon. – Mon Dieu ! nous savons le train[4] des enfants dont les pères se remarient, et de quel œil ils ont coutume de regarder ce qu'on appelle belle-mère. Mais si vous souhaitez que je perde

---

1. **Révérence parler** : sans vous offenser.
2. **Maîtresse** : femme aimée.
3. **Entendez-vous** : comprenez-vous.
4. **Train** : comportement.

le souvenir de votre dernière fredaine[1], je vous recommande surtout de régaler d'un bon visage cette personne-là, et de lui faire enfin tout le meilleur accueil qu'il vous sera possible.

Cléante. – À vous dire le vrai, mon père, je ne puis pas vous promettre d'être bien aise qu'elle devienne ma belle-mère : je mentirais, si je vous le disais ; mais pour ce qui est de la bien recevoir, et de lui faire bon visage, je vous promets de vous obéir ponctuellement sur ce chapitre.

Harpagon. – Prenez-y garde au moins.

Cléante. – Vous verrez que vous n'aurez pas sujet de vous en plaindre.

Harpagon. – Vous ferez sagement. Valère, aide-moi à ceci. Ho çà, maître Jacques, approchez-vous, je vous ai gardé pour le dernier.

Maître Jacques. – Est-ce à votre cocher, Monsieur, ou bien à votre cuisinier, que vous voulez parler ? car je suis l'un et l'autre.

Harpagon. – C'est à tous les deux.

Maître Jacques. – Mais à qui des deux le premier ?

Harpagon. – Au cuisinier.

Maître Jacques. – Attendez donc, s'il vous plaît.

Il ôte sa casaque[2] de cocher, et paraît vêtu en cuisinier.

Harpagon. – Quelle diantre de cérémonie est-ce là ?

Maître Jacques. – Vous n'avez qu'à parler.

Harpagon. – Je me suis engagé, maître Jacques, à donner ce soir à souper.

---

1. **Fredaine** : folie de jeunesse.
2. **Casaque** : manteau.

Maître Jacques. – Grande merveille !

Harpagon. – Dis-moi un peu, nous feras-tu bonne chère[1] ?

Maître Jacques. – Oui, si vous me donnez bien de l'argent.

Harpagon. – Que diable, toujours de l'argent ! Il semble qu'ils n'aient autre chose à dire : « De l'argent, de l'argent, de l'argent. » Ah ! ils n'ont que ce mot à la bouche : « De l'argent. » Toujours parler d'argent. Voilà leur épée de chevet[2], de l'argent.

Valère. – Je n'ai jamais vu de réponse plus impertinente que celle-là. Voilà une belle merveille que de faire bonne chère avec bien de l'argent : c'est une chose la plus aisée du monde, et il n'y a si pauvre esprit qui n'en fît bien autant ; mais pour agir en habile homme, il faut parler de faire bonne chère avec peu d'argent.

Maître Jacques. – Bonne chère avec peu d'argent !

Valère. – Oui.

Maître Jacques. – Par ma foi, Monsieur l'intendant, vous nous obligerez de nous faire voir ce secret, et de prendre mon office de cuisinier : aussi bien vous mêlez-vous céans d'être le factoton[3].

Harpagon. – Taisez-vous. Qu'est-ce qu'il nous faudra ?

Maître Jacques. – Voilà Monsieur votre intendant, qui vous fera bonne chère pour peu d'argent.

Harpagon. – Haye ! je veux que tu me répondes.

Maître Jacques. – Combien serez-vous de gens à table ?

Harpagon. – Nous serons huit ou dix ; mais il ne faut prendre que huit ; quand il y a à manger pour huit, il y en a bien pour dix.

---

1. **Bonne chère** : bon repas.
2. **Épée de chevet** : arme qu'on gardait près de son lit. Ici, chose à laquelle on tient particulièrement.
3. **Factoton** : serviteur à tout faire.

Valère. – Cela s'entend.

Maître Jacques. – Hé bien ! il faudra quatre grands potages, et cinq assiettes[1]. Potages… Entrées…

Harpagon. – Que diable ! voilà pour traiter toute une ville entière.

Maître Jacques. – Rôt…

Harpagon, *en lui mettant la main sur la bouche.* – Ah ! traître, tu manges tout mon bien.

Maître Jacques. – Entremets…

Harpagon. – Encore ?

Valère. – Est-ce que vous avez envie de faire crever tout le monde ? et Monsieur a-t-il invité des gens pour les assassiner à force de mangeaille ? Allez-vous-en lire un peu les préceptes de la santé, et demander aux médecins s'il y a rien de plus préjudiciable[2] à l'homme que de manger avec excès.

Harpagon. – Il a raison.

Valère. – Apprenez, maître Jacques, vous et vos pareils, que c'est un coupe-gorge qu'une table remplie de trop de viandes ; que pour se bien montrer ami de ceux que l'on invite, il faut que la frugalité[3] règne dans les repas qu'on donne ; et que, suivant le dire d'un ancien, *il faut manger pour vivre, et non pas vivre pour manger.*

Harpagon. – Ah ! que cela est bien dit ! Approche, que je t'embrasse pour ce mot. Voilà la plus belle sentence que j'aie entendue de ma vie. *Il faut vivre pour manger, et non pas manger pour vi…* Non, ce n'est pas cela. Comment est-ce que tu dis ?

---

1. **Assiettes** : ragoûts.
2. **Préjudiciable** : qui fait du tort.
3. **Frugalité** : sobriété.

Valère. – *Qu'il faut manger pour vivre, et non pas vivre pour manger.*

Harpagon. – Entends-tu ? Qui est le grand homme qui a dit cela ?

Valère. – Je ne me souviens pas maintenant de son nom.

Harpagon. – Souviens-toi de m'écrire ces mots : je les veux faire graver en lettres d'or sur la cheminée de ma salle.

Valère. – Je n'y manquerai pas. Et pour votre souper, vous n'avez qu'à me laisser faire : je réglerai tout cela comme il faut.

Harpagon. – Fais donc.

Maître Jacques. – Tant mieux : j'en aurai moins de peine.

Harpagon. – Il faudra de ces choses dont on ne mange guère, et qui rassasient d'abord : quelque bon haricot[1] bien gras, avec quelque pâté en pot bien garni de marrons.

Valère. – Reposez-vous sur moi.

Harpagon. – Maintenant, maître Jacques, il faut nettoyer mon carrosse.

Maître Jacques. – Attendez. Ceci s'adresse au cocher. *(Il remet sa casaque.)* Vous dites…

Harpagon. – Qu'il faut nettoyer mon carrosse, et tenir mes chevaux tous prêts pour conduire à la foire…

Maître Jacques. – Vos chevaux, Monsieur ? Ma foi, ils ne sont point du tout en état de marcher. Je ne vous dirai point qu'ils sont sur la litière, les pauvres bêtes n'en ont point, et ce serait fort mal parler ; mais vous leur faites observer des jeûnes si austères, que ce ne sont plus rien que des idées ou des fantômes, des façons de chevaux.

---

1. **Haricot** : plat mêlant du mouton ou du veau, des marrons, des navets.

Harpagon. – Les voilà bien malades : ils ne font rien.

Maître Jacques. – Et pour ne faire rien, Monsieur, est-ce qu'il ne faut rien manger ? Il leur vaudrait bien mieux, les pauvres animaux, de travailler beaucoup, de manger de même. Cela me fend le cœur, de les voir ainsi exténués ; car enfin j'ai une tendresse pour mes chevaux, qu'il me semble que c'est moi-même quand je les vois pâtir[1] ; je m'ôte tous les jours pour eux les choses de la bouche ; et c'est être, Monsieur, d'un naturel trop dur, que de n'avoir nulle pitié de son prochain.

Harpagon. – Le travail ne sera pas grand, d'aller jusqu'à la foire.

Maître Jacques. – Non, Monsieur, je n'ai pas le courage de les mener, et je ferais conscience[2] de leur donner des coups de fouet, en l'état où ils sont. Comment voudriez-vous qu'ils traînassent un carrosse, qu'ils[3] ne peuvent pas se traîner eux-mêmes ?

Valère. – Monsieur, j'obligerai le voisin le Picard à se charger de les conduire : aussi bien nous fera-t-il ici besoin[4] pour apprêter le souper.

Maître Jacques. – Soit : j'aime mieux encore qu'ils meurent sous la main d'un autre que sous la mienne.

Valère. – Maître Jacques fait bien le raisonnable[5].

Maître Jacques. – Monsieur l'intendant fait bien le nécessaire[6].

Harpagon. – Paix !

---

1. **Pâtir** : souffrir.
2. **Je ferais conscience** : j'aurais des remords.
3. **Qu'ils** : alors qu'ils.
4. **Nous fera-t-il besoin** : nous sera-t-il utile.
5. **Raisonnable** : raisonneur.
6. **Nécessaire** : indispensable.

Maître Jacques. – Monsieur, je ne saurais souffrir les flatteurs; et je vois que ce qu'il en fait, que ses contrôles perpétuels sur le pain et le vin, le bois, le sel, et la chandelle, ne sont rien que pour vous gratter[1] et vous faire sa cour. J'enrage de cela, et je suis fâché tous les jours d'entendre ce qu'on dit de vous; car enfin je me sens pour vous de la tendresse, en dépit que j'en aie[2]; et après mes chevaux, vous êtes la personne que j'aime le plus.

Harpagon. – Pourrais-je savoir de vous, maître Jacques, ce que l'on dit de moi?

Maître Jacques. – Oui, Monsieur, si j'étais assuré que cela ne vous fâchât point.

Harpagon. – Non, en aucune façon.

Maître Jacques. – Pardonnez-moi, je sais fort bien que je vous mettrais en colère.

Harpagon. – Point du tout, au contraire, c'est me faire plaisir, et je suis bien aise d'apprendre comme on parle de moi.

Maître Jacques. – Monsieur, puisque vous le voulez, je vous dirai franchement qu'on se moque partout de vous; qu'on nous jette de tous côtés cent brocards[3] à votre sujet; et que l'on n'est point plus ravi que de vous tenir au cul et aux chausses[4], et de faire sans cesse des contes de votre lésine[5]. L'un dit que vous faites imprimer des almanachs[6] particuliers, où vous faites doubler les quatre-temps et les vigiles[7], afin de profiter des jeûnes où vous obligez votre monde. L'autre, que vous avez toujours une querelle toute prête à faire à vos valets dans le temps des

1. **Gratter** : flatter.
2. **En dépit que j'en aie** : bien que je le regrette.
3. **Brocards** : moqueries.
4. **Vous tenir au cul et aux chausses** : se moquer de vous.
5. **Lésine** : avarice.
6. **Almanachs** : calendriers.
7. **Quatre-temps et vigiles** : périodes de jeûne au XVIIe siècle.

étrennes, ou de leur sortie d'avec vous, pour vous trouver une raison de ne leur donner rien. Celui-là conte qu'une fois vous fîtes assigner[1] le chat d'un de vos voisins, pour vous avoir mangé un reste d'un gigot de mouton. Celui-ci, que l'on vous surprit une nuit, en venant dérober vous-même l'avoine de vos chevaux; et que votre cocher, qui était celui d'avant moi, vous donna dans l'obscurité je ne sais combien de coups de bâton, dont vous ne voulûtes rien dire. Enfin voulez-vous que je vous dise? On ne saurait aller nulle part où l'on ne vous entende accommoder de toutes pièces; vous êtes la fable et la risée de tout le monde; et jamais on ne parle de vous, que sous les noms d'avare, de ladre, de vilain et de fesse-mathieu.

Harpagon, *en le battant.* – Vous êtes un sot, un maraud, un coquin, et un impudent.

Maître Jacques. – Hé bien! ne l'avais-je pas deviné? Vous ne m'avez pas voulu croire: je vous l'avais bien dit que je vous fâcherais de vous dire la vérité.

Harpagon. – Apprenez à parler.

Scène 2

Maître Jacques, Valère

Valère. – À ce que je puis voir, maître Jacques, on paye mal votre franchise.

Maître Jacques. – Morbleu! Monsieur le nouveau venu, qui faites l'homme d'importance, ce n'est pas votre affaire. Riez de

1. **Assigner** : faire comparaître devant un tribunal.

vos coups de bâton quand on vous en donnera, et ne venez point rire des miens.

Valère. – Ah ! Monsieur maître Jacques, ne vous fâchez pas, je vous prie.

Maître Jacques. – Il file doux. Je veux faire le brave et s'il est assez sot pour me craindre, le frotter quelque peu. Savez-vous bien, Monsieur le rieur, que je ne ris pas moi ? et que si vous m'échauffez la tête, je vous ferai rire d'une autre sorte ?

Maître Jacques pousse Valère jusques au bout du théâtre, en le menaçant.

Valère. – Eh ! doucement.

Maître Jacques. – Comment, doucement ? Il ne me plaît pas, moi.

Valère. – De grâce.

Maître Jacques. – Vous êtes un impertinent.

Valère. – Monsieur maître Jacques…

Maître Jacques. – Il n'y a point de Monsieur maître Jacques pour un double[1]. Si je prends un bâton, je vous rosserai d'importance.

Valère. – Comment, un bâton ?

Valère le fait reculer autant qu'il l'a fait.

Maître Jacques. – Eh ! je ne parle pas de cela.

Valère. – Savez-vous bien, Monsieur le fat[2], que je suis homme à vous rosser vous-même ?

Maître Jacques. – Je n'en doute pas.

---

1. **Un double** : pièce de deux deniers, c'est-à-dire pas grand-chose.
2. **Fat** : sot, prétentieux.

Valère. – Que vous n'êtes, pour tout potage[1], qu'un faquin[2] de cuisinier ?

Maître Jacques. – Je le sais bien.

Valère. – Et que vous ne me connaissez pas encore.

Maître Jacques. – Pardonnez-moi.

Valère. – Vous me rosserez, dites-vous ?

Maître Jacques. – Je le disais en raillant.

Valère. – Et moi, je ne prends point de goût à votre raillerie. *(Il lui donne des coups de bâton.)* Apprenez que vous êtes un mauvais railleur.

Maître Jacques. – Peste soit la sincérité ! c'est un mauvais métier. Désormais j'y renonce, et je ne veux plus dire vrai. Passe encore pour mon maître, il a quelque droit de me battre ; mais pour ce Monsieur l'intendant, je m'en vengerai si je puis.

Scène 3

Frosine, Mariane, Maître Jacques

Frosine. – Savez-vous, maître Jacques, si votre maître est au logis ?

Maître Jacques. – Oui vraiment il y est, je ne le sais que trop.

Frosine. – Dites-lui, je vous prie, que nous sommes ici.

---

1. **Pour tout potage** : rien d'autre.
2. **Faquin** : homme de rien, homme méprisable.

Scène 4

MARIANE, FROSINE

MARIANE. – Ah ! que je suis, Frosine, dans un étrange état ! et s'il faut dire ce que je sens, que j'appréhende cette vue !

FROSINE. – Mais pourquoi, et quelle est votre inquiétude ?

MARIANE. – Hélas ! me le demandez-vous ? et ne vous figurez-vous point les alarmes d'une personne toute prête à voir le supplice où l'on veut l'attacher ?

FROSINE. – Je vois bien que, pour mourir agréablement, Harpagon n'est pas le supplice que vous voudriez embrasser ; et je connais à votre mine que le jeune blondin dont vous m'avez parlé vous revient un peu dans l'esprit.

MARIANE. – Oui, c'est une chose, Frosine, dont je ne veux pas me défendre ; et les visites respectueuses qu'il a rendues chez nous ont fait, je vous l'avoue, quelque effet dans mon âme.

FROSINE. – Mais avez-vous su quel il est ?

MARIANE. – Non, je ne sais point quel il est ; mais je sais qu'il est fait d'un air à se faire aimer ; que si l'on pouvait mettre les choses à mon choix, je le prendrais plutôt qu'un autre ; et qu'il ne contribue pas peu à me faire trouver un tourment effroyable dans l'époux qu'on veut me donner.

FROSINE. – Mon Dieu ! tous ces blondins sont agréables, et débitent fort bien leur fait[1] ; mais la plupart sont gueux[2] comme des rats ; et il vaut mieux pour vous de prendre un vieux mari qui vous donne beaucoup de bien. Je vous avoue que les sens ne trouvent pas si bien leur compte du côté que je dis, et qu'il y a quelques

---

1. **Débitent fort bien leur fait** : plaident bien leur cause, sont de beaux parleurs.
2. **Gueux** : pauvres.

petits dégoûts à essuyer avec un tel époux ; mais cela n'est pas pour durer, et sa mort, croyez-moi, vous mettra bientôt en état d'en prendre un plus aimable, qui réparera toutes choses.

MARIANE. – Mon Dieu ! Frosine, c'est une étrange affaire, lorsque, pour être heureuse, il faut souhaiter ou attendre le trépas de quelqu'un, et la mort ne suit pas tous les projets que nous faisons.

FROSINE. – Vous moquez-vous ? Vous ne l'épousez qu'aux conditions de vous laisser veuve bientôt ; et ce doit être là un des articles du contrat. Il serait bien impertinent de ne pas mourir dans trois mois. Le voici en propre personne.

MARIANE. – Ah ! Frosine, quelle figure !

Scène 5

HARPAGON, FROSINE, MARIANE

HARPAGON. – Ne vous offensez pas, ma belle, si je viens à vous avec des lunettes. Je sais que vos appas frappent assez les yeux, sont assez visibles d'eux-mêmes, et qu'il n'est pas besoin de lunettes pour les apercevoir ; mais enfin c'est avec des lunettes qu'on observe les astres et je maintiens et garantis que vous êtes un astre, mais un astre le plus bel astre qui soit dans le pays des astres. Frosine, elle ne répond mot, et ne témoigne, ce me semble, aucune joie de me voir.

FROSINE. – C'est qu'elle est encore toute surprise ; et puis les filles ont toujours honte à témoigner d'abord ce qu'elles ont dans l'âme.

HARPAGON. – Tu as raison. Voilà, belle mignonne, ma fille qui vient vous saluer.

Scène 6

ÉLISE, HARPAGON, MARIANE, FROSINE

MARIANE. – Je m'acquitte bien tard, Madame, d'une telle visite.

ÉLISE. – Vous avez fait, Madame, ce que je devais faire, et c'était à moi de vous prévenir[1].

HARPAGON. – Vous voyez qu'elle est grande ; mais mauvaise herbe croît toujours.

MARIANE, *bas à Frosine.* – Oh ! l'homme déplaisant !

HARPAGON. – Que dit la belle ?

FROSINE. – Qu'elle vous trouve admirable.

HARPAGON. – C'est trop d'honneur que vous me faites, adorable mignonne.

MARIANE, *à part.* – Quel animal !

HARPAGON. – Je vous suis trop obligé de ces sentiments.

MARIANE, *à part.* – Je n'y puis plus tenir.

HARPAGON. – Voici mon fils aussi qui vous vient faire la révérence.

MARIANE, *à part, à Frosine.* – Ah ! Frosine, quelle rencontre ! C'est justement celui dont je t'ai parlé.

FROSINE, *à Mariane.* – L'aventure est merveilleuse.

HARPAGON. – Je vois que vous vous étonnez de me voir de si grands enfants ; mais je serai bientôt défait et de l'un et de l'autre.

---

1. **Prévenir** : devancer, agir la première.

Scène 7

CLÉANTE, HARPAGON, ÉLISE, MARIANE, FROSINE

CLÉANTE. – Madame, à vous dire le vrai, c'est ici une aventure où sans doute je ne m'attendais pas ; et mon père ne m'a pas peu surpris lorsqu'il m'a dit tantôt le dessein qu'il avait formé.

MARIANE. – Je puis dire la même chose. C'est une rencontre imprévue qui m'a surprise autant que vous ; et je n'étais point préparée à une pareille aventure.

CLÉANTE. – Il est vrai que mon père, Madame, ne peut pas faire un plus beau choix, et que ce m'est une sensible joie que l'honneur de vous voir ; mais avec tout cela, je ne vous assurerai point que je me réjouis du dessein où vous pourriez être de devenir ma belle-mère. Le compliment, je vous l'avoue, est trop difficile pour moi ; et c'est un titre, s'il vous plaît, que je ne vous souhaite point. Ce discours paraîtra brutal aux yeux de quelques-uns ; mais je suis assuré que vous serez personne à le prendre comme il faudra ; que c'est un mariage, Madame, où vous vous imaginez bien que je dois avoir de la répugnance ; que vous n'ignorez pas, sachant ce que je suis, comme il choque mes intérêts ; et que vous voulez bien enfin que je vous dise, avec la permission de mon père, que si les choses dépendaient de moi, cet hymen[1] ne se ferait point.

HARPAGON. – Voilà un compliment bien impertinent: quelle belle confession à lui faire !

MARIANE. – Et moi, pour vous répondre, j'ai à vous dire que les choses sont fort égales ; et que si vous auriez de la répugnance à me voir votre belle-mère, je n'en aurais pas moins sans doute à vous voir mon beau-fils. Ne croyez pas, je vous prie, que ce soit

1. **Hymen** : mariage.

moi qui cherche à vous donner cette inquiétude. Je serais fort fâchée de vous causer du déplaisir ; et si je ne m'y vois forcée par une puissance absolue, je vous donne ma parole que je ne consentirai point au mariage qui vous chagrine.

Harpagon. – Elle a raison : à sot compliment il faut une réponse de même. Je vous demande pardon, ma belle, de l'impertinence de mon fils. C'est un jeune sot, qui ne sait pas encore la conséquence des paroles qu'il dit.

Mariane. – Je vous promets que ce qu'il m'a dit ne m'a point du tout offensée ; au contraire, il m'a fait plaisir de m'expliquer ainsi ses véritables sentiments. J'aime de lui un aveu de la sorte ; et s'il avait parlé d'autre façon, je l'en estimerais bien moins.

Harpagon. – C'est beaucoup de bonté à vous de vouloir ainsi excuser ses fautes. Le temps le rendra plus sage, et vous verrez qu'il changera de sentiments.

Cléante. – Non, mon père, je ne suis point capable d'en changer, et je prie instamment Madame de le croire.

Harpagon. – Mais voyez quelle extravagance ! il continue encore plus fort.

Cléante. – Voulez-vous que je trahisse mon cœur ?

Harpagon. – Encore ? Avez-vous envie de changer de discours ?

Cléante. – Hé bien ! puisque vous voulez que je parle d'autre façon, souffrez, Madame, que je me mette ici à la place de mon père, et que je vous avoue que je n'ai rien vu dans le monde de si charmant que vous ; que je ne conçois rien d'égal au bonheur de vous plaire, et que le titre de votre époux est une gloire, une félicité [1] que je préférerais aux destinées des plus grands princes de la terre. Oui, Madame, le bonheur de vous posséder est à mes regards la plus belle de toutes les fortunes ; c'est où j'attache toute

1. **Félicité** : bonheur.

mon ambition ; il n'y a rien que je ne sois capable de faire pour une conquête si précieuse, et les obstacles les plus puissants…

Harpagon. – Doucement, mon fils, s'il vous plaît.

Cléante. – C'est un compliment que je fais pour vous à Madame.

Harpagon. – Mon Dieu ! j'ai une langue pour m'expliquer moi-même, et je n'ai pas besoin d'un procureur[1] comme vous. Allons, donnez des sièges.

Frosine. – Non ; il vaut mieux que de ce pas nous allions à la foire, afin d'en revenir plus tôt, et d'avoir tout le temps ensuite de vous entretenir[2].

Harpagon. – Qu'on mette donc les chevaux au carrosse. Je vous prie de m'excuser, ma belle, si je n'ai pas songé à vous donner un peu de collation[3] avant que de partir.

Cléante. – J'y ai pourvu, mon père, et j'ai fait apporter ici quelques bassins d'oranges de la Chine, de citrons doux et de confitures[4], que j'ai envoyé quérir[5] de votre part.

Harpagon, *bas à Valère.* – Valère !

Valère, *à Harpagon.* – Il a perdu le sens.

Cléante. – Est-ce que vous trouvez, mon père, que ce ne soit pas assez ? Madame aura la bonté d'excuser cela, s'il lui plaît.

Mariane. – C'est une chose qui n'était pas nécessaire.

Cléante. – Avez-vous jamais vu, Madame, un diamant plus vif que celui que vous voyez que mon père a au doigt ?

---

1. **Procureur** : intermédiaire.
2. **Entretenir** : parler.
3. **Collation** : goûter, repas léger.
4. **Confitures** : fruits confits et pâtes de fruits.
5. **Quérir** : chercher.

Mariane. – Il est vrai qu'il brille beaucoup.

Cléante, *il l'ôte du doigt de son père et le donne à Mariane.* – Il faut que vous le voyiez de près.

Mariane. – Il est fort beau sans doute, et jette quantité de feux.

Cléante, *il se met au-devant de Mariane, qui le veut rendre.* – Nenni, Madame : il est en de trop belles mains. C'est un présent que mon père vous a fait.

Harpagon. – Moi ?

Cléante. – N'est-il pas vrai, mon père, que vous voulez que Madame le garde pour l'amour de vous ?

Harpagon, *à part, à son fils.* – Comment ?

Cléante. – Belle demande ! Il me fait signe de vous le faire accepter.

Mariane. – Je ne veux point…

Cléante. – Vous moquez-vous ? Il n'a garde de[1] le reprendre.

Harpagon, *à part.* – J'enrage !

Mariane. – Ce serait…

Cléante, *en empêchant toujours Mariane de rendre la bague.* – Non, vous dis-je, c'est l'offenser.

Mariane. – De grâce…

Cléante. – Point du tout.

Harpagon, *à part.* – Peste soit…

Cléante. – Le voilà qui se scandalise de votre refus.

---

1. **Il n'a garde de** : il ne veut pas.

Harpagon, *bas, à son fils.* – Ah, traître !

Cléante. – Vous voyez qu'il se désespère.

Harpagon, *bas, à son fils, en le menaçant.* – Bourreau que tu es !

Cléante. – Mon père, ce n'est pas ma faute. Je fais ce que je puis pour l'obliger à la garder ; mais elle est obstinée.

Harpagon, *bas, à son fils, avec emportement.* – Pendard !

Cléante. – Vous êtes cause, Madame, que mon père me querelle.

Harpagon, *bas, à son fils, avec les mêmes grimaces.* – Le coquin !

Cléante. – Vous le ferez tomber malade. De grâce, Madame, ne résistez point davantage.

Frosine. – Mon Dieu ! que de façons ! Gardez la bague, puisque Monsieur le veut.

Mariane. – Pour ne vous point mettre en colère, je la garde maintenant ; et je prendrai un autre temps pour vous la rendre.

Scène 8

Harpagon, Mariane, Frosine, Cléante, Brindavoine, Élise

Brindavoine. – Monsieur, il y a là un homme qui veut vous parler.

Harpagon. – Dis-lui que je suis empêché, et qu'il revienne une autre fois.

Brindavoine. – Il dit qu'il vous apporte de l'argent.

Harpagon. – Je vous demande pardon. Je reviens tout à l'heure.

Scène 9

HARPAGON, MARIANE, CLÉANTE, ÉLISE, FROSINE, LA MERLUCHE

LA MERLUCHE, *il vient en courant et fait tomber Harpagon.* – Monsieur…

HARPAGON. – Ah ! je suis mort.

CLÉANTE. – Qu'est-ce, mon père ? vous êtes-vous fait mal ?

HARPAGON. – Le traître assurément a reçu de l'argent de mes débiteurs, pour me faire rompre le cou.

VALÈRE. – Cela ne sera rien.

LA MERLUCHE. – Monsieur, je vous demande pardon, je croyais bien faire d'accourir vite.

HARPAGON. – Que viens-tu faire ici, bourreau ?

LA MERLUCHE. – Vous dire que vos deux chevaux sont déferrés.

HARPAGON. – Qu'on les mène promptement chez le maréchal[1].

CLÉANTE. – En attendant qu'ils soient ferrés, je vais faire pour vous, mon père, les honneurs de votre logis, et conduire Madame dans le jardin, où je ferai porter la collation.

HARPAGON. – Valère, aie un peu l'œil à tout cela ; et prends soin, je te prie, de m'en sauver le plus que tu pourras, pour le renvoyer au marchand.

VALÈRE. – C'est assez.

HARPAGON. – Ô fils impertinent, as-tu envie de me ruiner ?

---

1. **Maréchal** : maréchal-ferrant, artisan qui forge les fers que l'on met aux sabots des chevaux.

Arrêt sur lecture 3

Un quiz pour commencer

Cochez les bonnes réponses.

❶ *Quelles sont les deux fonctions de Maître Jacques chez Harpagon ?*

- ❐ Cuisinier et intendant.
- ❐ Cuisinier et cocher.
- ❐ Cocher et laquais.

❷ *Quelle maxime Harpagon veut-il faire graver sur sa cheminée ?*

- ❐ Il faut vivre pour manger et non pas manger pour vivre.
- ❐ Il faut vivre et bien manger.
- ❐ Il faut manger pour vivre et non pas vivre pour manger.

❸ *Pourquoi Harpagon donne-t-il des coups de bâton à Maître Jacques ?*

- ❐ Parce qu'il refuse de préparer le repas de fiançailles.
- ❐ Parce qu'il est impertinent.
- ❐ Parce qu'il révèle à son maître qu'on se moque de son avarice.

❹ ***Pourquoi Valère donne-t-il des coups de bâton à Maître Jacques ?***

- ❐ Parce que Maître Jacques l'a menacé de coups de bâton.
- ❐ Parce que Maître Jacques l'a contredit.
- ❐ Parce que Maître Jacques a contredit Harpagon.

❺ ***Comment Cléante avoue-t-il son amour à Mariane à la scène 7 ?***

- ❐ En tête-à-tête.
- ❐ En parlant au nom de son père.
- ❐ Ouvertement devant son père et sa sœur.

❻ ***Quel don Cléante fait-il à Mariane au nom de son père ?***

- ❐ Un collier.
- ❐ Une collation.
- ❐ Un diamant.

❼ ***Pourquoi Harpagon quitte-t-il la compagnie de Mariane à la scène 8 ?***

- ❐ Parce qu'il a renoncé à l'épouser.
- ❐ Parce qu'on lui apporte de l'argent.
- ❐ Parce qu'il veut jeter un coup d'œil sur son trésor.

❽ ***En quoi la collation offerte à Mariane consiste-t-elle ?***

- ❐ Des oranges, des citrons et des « confitures ».
- ❐ Du thé et des biscuits.
- ❐ Du café et du chocolat.

❾ ***Pourquoi Harpagon charge-t-il Valère de surveiller la collation donnée à Mariane ?***

- ❐ Pour veiller à ce que tout ne soit pas mangé.
- ❐ Pour voir si Cléante ne fait pas la cour à Mariane.
- ❐ Pour s'assurer que tout est pour le mieux pour le plaisir de Mariane.

Des questions pour aller plus loin

☛ Analyser la tension dramatique de l'acte III

Un souper et des coups de bâton

❶ Retrouvez le passage de l'acte précédent (acte II, scène 5) où est annoncé le souper. Pour quelle raison est-il organisé ?
❷ Dans la scène 1, relevez deux répliques où l'avarice caricaturale d'Harpagon est ridiculisée. Quels mots, quels gestes, quelles situations relèvent du comique de la farce ?
❸ Dans les deux premières scènes, trouvez-vous que la victime des coups de bâton les mérite ? Quelle morale le personnage battu tire-t-il de ses mésaventures ?

Un double langage

❹ Maître Jacques comprend-il l'attitude de Valère dans la scène 1 ? Appuyez-vous sur des citations du texte pour répondre.
❺ Pourquoi, selon vous, Valère souhaite-t-il voir Maître Jacques en particulier dans la scène 2 ? Pourquoi l'entrevue se termine-t-elle par des coups de bâton ?
❻ Comparez les propos que Frosine tient à Harpagon à la scène 5 de l'acte II et ceux qu'elle tient sur lui à la scène 4 de l'acte III. Dites lesquels vous semblent les plus sincères en justifiant votre réponse.
❼ Êtes-vous surpris(es) que Mariane ne soit pas conforme au portrait que Frosine a fait d'elle à Harpagon (acte II scène 5) lors de sa première apparition sur scène à l'acte III (scène 4) ? Expliquez votre point de vue.
❽ Pourquoi Frosine répond-elle à la place de Mariane à la scène 6 ? Pourquoi, en dehors de sa première réplique, Mariane parle-t-elle en aparté tout au long de cette scène ?

❾ Dans la scène 7, pourquoi Cléante se met-il à parler à la place de son père ?
❿ Dans cette même scène, en quoi peut-on considérer que Cléante prend une revanche sur son père ?

Une situation critique

⓫ Quelles sont les scènes qui font véritablement avancer l'action dans l'acte III ? Justifiez votre réponse.
⓬ En quoi la situation est-elle particulièrement critique pour Mariane, Élise, Cléante et Valère à la fin de cet acte ?
⓭ Pourquoi peut-on dire que le suspense est à son comble à la fin de cet acte et qu'on semble s'éloigner de la comédie ?
⓮ Quel coup de théâtre imaginez-vous dans la suite de la pièce pour que tout se termine bien ?

Rappelez-vous !
Si l'acte III poursuit la critique de l'avarice, il accorde une large place aux coups de bâton propres à la farce : Maître Jacques est en effet battu successivement par Harpagon et par Valère. Cet acte est aussi celui de la désillusion de Mariane qui découvre avec horreur Harpagon, son futur époux. Et, à la fin de l'acte, on continue à rire mais on tremble également parce que la situation paraît critique, les amours des jeunes gens semblant à jamais contrariées par la tyrannie du père.

De la lecture à l'écriture

Des mots pour mieux écrire

❶ ***Associez, à chacun des verbes de la liste A, un synonyme de la liste B. Puis complétez les phrases ci-dessous avec des verbes que vous pouvez choisir dans les deux listes.***
Liste A: péricliter, s'obliger, branler, commettre quelqu'un, gratter, rosser, quérir, quereller.
Liste B: battre, chercher, prendre l'engagement, flatter, bouger, charger quelqu'un de, aller à sa ruine, disputer.

a. Quel hypocrite fais-tu! Tu vas voir sans cesse ton maître pour mieux le _________.
b. Je n'aime pas les conflits, me _________ ne me plaît guère.
c. Son affaire _________, il allait être bientôt ruiné, c'est alors qu'il vint me _________ pour plaider sa cause.
d. Il a été tellement _________ par ces voyous, qu'il gît là sans vie.

❷ ***Dites quel rapport de sens existe entre les mots suivants puis employez l'un d'eux dans une phrase de votre invention:*** hardes, nippes, rogatons.

❸ ***Cherchez le sens des mots suivants dans un dictionnaire et, pour chacun d'eux, trouvez un équivalent dans la langue d'aujourd'hui:*** godelureau, blondin, fat.

À vous d'écrire

❶ Imaginez une scène de rencontre entre les voisins d'Harpagon durant laquelle ils ne cesseront de critiquer son avarice.
Consigne. Vous pouvez vous inspirer de la tirade de Maître Jacques à scène 1 de l'acte III. Essayez de donner un caractère différent à chacun des voisins : par exemple, l'un pourrait adopter un ton moqueur, l'autre un ton scandalisé.

❷ Valère envoie une lettre à un ami pour l'inviter au souper offert par Harpagon au Seigneur Anselme et à Mariane. Il lui décrit la préparation du repas et blâme l'avarice démesurée du maître des lieux.
Consigne. Inspirez-vous de la scène 1. Essayer de garder un ton humoristique.

❸ Imaginez le dialogue entre Cléante et Mariane durant la collation dans le jardin.
Consigne. Les deux amoureux évoqueront leurs sentiments en cachette (en aparté) car seule Frosine est au courant de leur amour mais ils parleront ouvertement des mets délicieux qu'ils sont en train de déguster.

Du texte à l'image

➡ **Louis de Funès dans *L'Avare*, film de Jean Girault et Louis de Funès réalisé en 1980.**
(Photographie reproduite en début d'ouvrage au verso de la couverture.)

Lire l'image

❶ Regardez attentivement Harpagon. Que pensez-vous de ses lunettes et de son costume ? Que pouvez-vous en déduire des intentions du réalisateur du film ?
❷ Derrière le personnage d'Harpagon apparaissent des écrits. De quoi s'agit-il à votre avis ? Quelle impression cela fait-il ?

Comparer le texte et l'image

❸ Quelle scène cette image illustre-t-elle ? De quoi ces lunettes sont-elles le symbole ?

À vous de créer

❹ Imaginez l'attitude de Mariane à l'apparition d'Harpagon ainsi vêtu, et rédigez une notice pour guider des comédiens débutants qui voudraient jouer la scène. Jouez-la vous-mêmes en vous appuyant sur votre notice.
❺ On pourrait imaginer toutes sortes de lunettes pour Harpagon. Proposez-en quelques-unes, en vous appuyant sur des dessins ou des photographies, et expliquez vos choix.

Acte IV

Scène 1

CLÉANTE, MARIANE, ÉLISE, FROSINE

CLÉANTE. – Rentrons ici, nous serons beaucoup mieux. Il n'y a plus autour de nous personne de suspect, et nous pouvons parler librement.

ÉLISE. – Oui, Madame, mon frère m'a fait confidence de la passion qu'il a pour vous. Je sais les chagrins et les déplaisirs que sont capables de causer de pareilles traverses[1] ; et c'est, je vous assure, avec une tendresse extrême que je m'intéresse à votre aventure.

MARIANE. – C'est une douce consolation que de voir dans ses intérêts une personne comme vous ; et je vous conjure, Madame, de me garder toujours cette généreuse amitié, si capable de m'adoucir les cruautés de la fortune.

FROSINE. – Vous êtes, par ma foi, de malheureuses gens l'un et l'autre de ne m'avoir point, avant tout ceci, avertie de votre affaire. Je vous aurais sans doute détourné cette inquiétude, et n'aurais point amené les choses où l'on voit qu'elles sont.

CLÉANTE. – Que veux-tu ? C'est ma mauvaise destinée qui l'a voulu ainsi. Mais, belle Mariane, quelles résolutions sont les vôtres ?

MARIANE. – Hélas ! suis-je en pouvoir de faire des résolutions ? Et dans la dépendance où je me vois, puis-je former que[2] des souhaits ?

---

1. Traverses : obstacles.
2. Que : autre chose que.

CLÉANTE. – Point d'autre appui pour moi dans votre cœur que de simples souhaits ? point de pitié officieuse[1] ? point de secourable bonté ? point d'affection agissante ?

MARIANE. – Que saurais-je vous dire ? Mettez-vous en ma place, et voyez ce que je puis faire. Avisez, ordonnez vous-même : je m'en remets à vous, et je vous crois trop raisonnable pour vouloir exiger de moi que ce qui peut m'être permis par l'honneur et la bienséance[2].

CLÉANTE. – Hélas ! où me réduisez-vous, que de me renvoyer[3] à ce que voudront me permettre les fâcheux sentiments d'un rigoureux honneur et d'une scrupuleuse bienséance.

MARIANE. – Mais que voulez-vous que je fasse ? Quand je pourrais passer sur quantité d'égards où notre sexe est obligé, j'ai de la considération pour ma mère. Elle m'a toujours élevée avec une tendresse extrême, et je ne saurais me résoudre à lui donner du déplaisir. Faites, agissez auprès d'elle, employez tous vos soins à gagner son esprit : vous pouvez faire et dire tout ce que vous voudrez, je vous en donne la licence[4] ; et s'il ne tient qu'à me déclarer en votre faveur, je veux bien consentir à lui faire un aveu moi-même de tout ce que je sens pour vous.

CLÉANTE. – Frosine, ma pauvre Frosine, voudrais-tu nous servir ?

FROSINE. – Par ma foi ! faut-il demander ? je le voudrais de tout mon cœur. Vous savez que de mon naturel je suis assez humaine ; le Ciel ne m'a point fait l'âme de bronze, et je n'ai que trop de tendresse à rendre de petits services, quand je vois des gens qui s'entr'aiment en tout bien et en tout honneur. Que pourrions-nous faire à ceci ?

---

1. **Point de pitié officieuse** : pas de compassion qui vous déciderait à agir en faveur de notre amour.
2. **Bienséance** : respect des convenances et des règles dictées par la bonne société.
3. **Que de me renvoyer** : en me renvoyant à.
4. **Licence** : autorisation.

CLÉANTE. – Songe un peu, je te prie.

MARIANE. – Ouvre-nous des lumières.

ÉLISE. – Trouve quelque invention pour rompre ce que tu as fait.

FROSINE. – Ceci est assez difficile. Pour votre mère, elle n'est pas tout à fait déraisonnable, et peut-être pourrait-on la gagner, et la résoudre à transporter au fils le don qu'elle veut faire au père. Mais le mal que j'y trouve, c'est que votre père est votre père.

CLÉANTE. – Cela s'entend.

FROSINE. – Je veux dire qu'il conservera du dépit, si l'on montre qu'on le refuse; et qu'il ne sera point d'humeur ensuite à donner son consentement à votre mariage. Il faudrait, pour bien faire, que le refus vînt de lui-même, et tâcher par quelque moyen de le dégoûter de votre personne.

CLÉANTE. – Tu as raïson.

FROSINE. – Oui, j'ai raison, je le sais bien. C'est là ce qu'il faudrait; mais le diantre[1] est d'en pouvoir trouver les moyens. Attendez: si nous avions quelque femme un peu sur l'âge, qui fût de mon talent, et jouât assez bien pour contrefaire une dame de qualité[2], par le moyen d'un train[3] fait à la hâte, et d'un bizarre nom de marquise, ou de vicomtesse, que nous supposerions de la basse Bretagne, j'aurais assez d'adresse pour faire accroire à votre père que ce serait une personne riche, outre ses maisons, de cent mille écus en argent comptant[4]; qu'elle serait éperdument amoureuse de lui, et souhaiterait de se voir sa femme, jusqu'à lui donner tout son bien par contrat de mariage; et je ne doute point qu'il

1. **Diantre** : problème.
2. **Une dame de qualité** : une femme de la noblesse.
3. **Train** : ensemble des domestiques, chevaux, bagages qui accompagnent une personne et renseignent sur son niveau de vie.
4. **Cent mille écus en argent comptant** : importante somme d'argent, équivalant à 30000 écus d'or.

ne prêtât l'oreille à la proposition ; car enfin il vous aime fort, je le sais ; mais il aime un peu plus l'argent ; et quand, ébloui de ce leurre[1], il aurait une fois consenti à ce qui vous touche, il importerait peu ensuite qu'il se désabusât[2], en venant à vouloir voir clair aux effets[3] de notre marquise.

Cléante. – Tout cela est fort bien pensé.

Frosine. – Laissez-moi faire. Je viens de me ressouvenir d'une de mes amies, qui sera notre fait.

Cléante. – Sois assurée, Frosine, de ma reconnaissance, si tu viens à bout de la chose. Mais, charmante Mariane, commençons, je vous prie, par gagner votre mère : c'est toujours beaucoup faire que de rompre ce mariage. Faites-y de votre part, je vous en conjure, tous les efforts qu'il vous sera possible ; servez-vous de tout le pouvoir que vous donne sur elle cette amitié qu'elle a pour vous ; déployez sans réserve les grâces éloquentes, les charmes tout-puissants que le Ciel a placés dans vos yeux et dans votre bouche ; et n'oubliez rien, s'il vous plaît, de ces tendres paroles, de ces douces prières, et de ces caresses touchantes à qui je suis persuadé qu'on ne saurait rien refuser.

Mariane. – J'y ferai tout ce que je puis, et n'oublierai aucune chose.

---

1. **Leurre** : artifice, appât qui trompe.
2. **Se désabusât** : se détrompât.
3. **Effets** : biens.

Scène 2

HARPAGON, CLÉANTE, MARIANE, ÉLISE, FROSINE

HARPAGON. – Ouais ! mon fils baise la main de sa prétendue[1] belle-mère, et sa prétendue belle-mère ne s'en défend pas fort. Y aurait-il quelque mystère là-dessous ?

ÉLISE. – Voilà mon père.

HARPAGON. – Le carrosse est tout prêt. Vous pouvez partir quand il vous plaira.

CLÉANTE. – Puisque vous n'y allez pas, mon père, je m'en vais les conduire.

HARPAGON. – Non, demeurez. Elles iront bien toutes seules ; et j'ai besoin de vous.

Scène 3

HARPAGON, CLÉANTE

HARPAGON. – Ô çà, intérêt de belle-mère à part, que te semble à toi de cette personne ?

CLÉANTE. – Ce qui m'en semble ?

HARPAGON. – Oui, de son air, de sa taille, de sa beauté, de son esprit ?

CLÉANTE. – La, la.

---

1. **Prétendue** : future.

Harpagon. – Mais encore ?

Cléante. – À vous en parler franchement, je ne l'ai pas trouvée ici ce que je l'avais crue. Son air est de franche coquette ; sa taille est assez gauche, sa beauté très médiocre, et son esprit des plus communs. Ne croyez pas que ce soit, mon père, pour vous en dégoûter ; car belle-mère pour belle-mère, j'aime autant celle-là qu'une autre.

Harpagon. – Tu lui disais tantôt pourtant…

Cléante. – Je lui ai dit quelques douceurs en votre nom, mais c'était pour vous plaire.

Harpagon. – Si bien donc que tu n'aurais pas d'inclination pour elle ?

Cléante. – Moi ? point du tout.

Harpagon. – J'en suis fâché ; car cela rompt une pensée qui m'était venue dans l'esprit. J'ai fait, en la voyant ici, réflexion sur mon âge ; et j'ai songé qu'on pourra trouver à redire de me voir marier à une si jeune personne. Cette considération m'en faisait quitter le dessein ; et comme je l'ai fait demander, et que je suis pour elle engagé de parole, je te l'aurais donnée, sans l'aversion que tu témoignes.

Cléante. – Moi ?

Harpagon. – À toi.

Cléante. – En mariage ?

Harpagon. – En mariage.

Cléante. – Écoutez : il est vrai qu'elle n'est pas fort à mon goût ; mais pour vous faire plaisir, mon père, je me résoudrai à l'épouser, si vous voulez.

Harpagon. – Moi ? Je suis plus raisonnable que tu ne penses : je ne veux point forcer ton inclination.

Cléante. – Pardonnez-moi, je me ferai cet effort pour l'amour de vous.

Harpagon. – Non, non ; un mariage ne saurait être heureux où l'inclination n'est pas.

Cléante. – C'est une chose, mon père, qui peut-être viendra ensuite ; et l'on dit que l'amour est souvent un fruit du mariage.

Harpagon. – Non : du côté de l'homme, on ne doit point risquer l'affaire, et ce sont des suites fâcheuses, où je n'ai garde de me commettre[1]. Si tu avais senti quelque inclination pour elle, à la bonne heure : je te l'aurais fait épouser, au lieu de moi ; mais cela n'étant pas, je suivrai mon premier dessein, et je l'épouserai moi-même.

Cléante. – Hé bien ! mon père, puisque les choses sont ainsi, il faut vous découvrir mon cœur, il faut vous révéler notre secret. La vérité est que je l'aime, depuis un jour que je la vis dans une promenade ; que mon dessein était tantôt de vous la demander pour femme ; et que rien ne m'a retenu que la déclaration de vos sentiments, et la crainte de vous déplaire.

Harpagon. – Lui avez-vous rendu visite ?

Cléante. – Oui, mon père.

Harpagon. – Beaucoup de fois ?

Cléante. – Assez, pour le temps qu'il y a.

Harpagon. – Vous a-t-on bien reçu ?

Cléante. – Fort bien, mais sans savoir qui j'étais ; et c'est ce qui a fait tantôt la surprise de Mariane.

Harpagon. – Lui avez-vous déclaré votre passion, et le dessein où vous étiez de l'épouser ?

---

1. **Me commettre** : me mettre en difficulté.

CLÉANTE. – Sans doute ; et même j'en avais fait à sa mère quelque peu d'ouverture.

HARPAGON. – A-t-elle écouté, pour sa fille, votre proposition ?

CLÉANTE. – Oui, fort civilement.

HARPAGON. – Et la fille correspond-elle fort à votre amour ?

CLÉANTE. – Si j'en dois croire les apparences, je me persuade, mon père, qu'elle a quelque bonté pour moi.

HARPAGON. – Je suis bien aise d'avoir appris un tel secret ; et voilà justement ce que je demandais. Oh sus ! mon fils, savez-vous ce qu'il y a ? c'est qu'il faut songer, s'il vous plaît, à vous défaire de votre amour ; à cesser toutes vos poursuites auprès d'une personne que je prétends pour moi ; et à vous marier dans peu avec celle qu'on vous destine.

CLÉANTE. – Oui, mon père, c'est ainsi que vous me jouez ! Hé bien ! puisque les choses en sont venues là, je vous déclare, moi, que je ne quitterai point la passion que j'ai pour Mariane, qu'il n'y a point d'extrémité où je ne m'abandonne pour vous disputer sa conquête, et que si vous avez pour vous le consentement d'une mère, j'aurai d'autres secours peut-être qui combattront pour moi.

HARPAGON. – Comment, pendard ? tu as l'audace d'aller sur mes brisées[1] ?

CLÉANTE. – C'est vous qui allez sur les miennes ; et je suis le premier en date.

HARPAGON. – Ne suis-je pas ton père ? et ne me dois-tu pas respect ?

---

1. **Aller sur mes brisées** : me faire concurrence là où j'avais l'avantage.

Cléante. – Ce ne sont point ici des choses où les enfants soient obligés de déférer[1] aux pères; et l'amour ne connaît[2] personne.

Harpagon. – Je te ferai bien me connaître, avec de bons coups de bâton.

Cléante. – Toutes vos menaces ne feront rien.

Harpagon. – Tu renonceras à Mariane.

Cléante. – Point du tout.

Harpagon. – Donnez-moi un bâton tout à l'heure.

Scène 4

Maître Jacques, Harpagon, Cléante

Maître Jacques. – Eh, eh, eh, Messieurs, qu'est-ce ci? à quoi songez-vous?

Cléante. – Je me moque de cela.

Maître Jacques. – Ah! Monsieur, doucement.

Harpagon. – Me parler avec cette impudence!

Maître Jacques. – Ah! Monsieur, de grâce.

Cléante. – Je n'en démordrai point.

Maître Jacques. – Hé quoi? à votre père?

Harpagon. – Laisse-moi faire.

1. **Déférer** : obéir.
2. **Ne connaît** : ne reconnaît.

Maître Jacques. – Hé quoi ? à votre fils ? Encore passe pour moi.

Harpagon. – Je te veux faire toi-même, maître Jacques, juge de cette affaire, pour montrer comme j'ai raison.

Maître Jacques. – J'y consens. Éloignez-vous un peu.

Harpagon. – J'aime une fille, que je veux épouser ; et le pendard a l'insolence de l'aimer avec moi, et d'y prétendre malgré mes ordres.

Maître Jacques. – Ah ! il a tort.

Harpagon. – N'est-ce pas une chose épouvantable, qu'un fils qui veut entrer en concurrence avec son père ? et ne doit-il pas, par respect, s'abstenir de toucher à mes inclinations ?

Maître Jacques. – Vous avez raison. Laissez-moi lui parler, et demeurez là.

Il vient trouver Cléante à l'autre bout du théâtre.

Cléante. – Hé bien ! oui, puisqu'il veut te choisir pour juge, je n'y recule point ; il ne m'importe qui ce soit ; et je veux bien aussi me rapporter à toi, maître Jacques, de notre différend.

Maître Jacques. – C'est beaucoup d'honneur que vous me faites.

Cléante. – Je suis épris d'une jeune personne qui répond à mes vœux, et reçoit tendrement les offres de ma foi ; et mon père s'avise de venir troubler notre amour par la demande qu'il en fait faire.

Maître Jacques. – Il a tort assurément.

Cléante. – N'a-t-il point de honte à son âge, de songer à se marier ? lui sied-il[1] bien d'être encore amoureux ? et ne devrait-il pas laisser cette occupation aux jeunes gens ?

---

1. **Lui sied-il** : lui convient-il.

Maître Jacques. – Vous avez raison, il se moque. Laissez-moi lui dire deux mots. *(Il revient à Harpagon.)* Hé bien ! votre fils n'est pas si étrange que vous le dites, et il se met à la raison. Il dit qu'il sait le respect qu'il vous doit, qu'il ne s'est emporté que dans la première chaleur, et qu'il ne fera point refus de se soumettre à ce qu'il vous plaira, pourvu que vous vouliez le traiter mieux que vous ne faites, et lui donner quelque personne en mariage dont il ait lieu d'être content.

Harpagon. – Ah ! dis-lui, maître Jacques, que moyennant cela, il pourra espérer toutes choses de moi ; et que, hors Mariane, je lui laisse la liberté de choisir celle qu'il voudra.

Maître Jacques, *il va au fils.* – Laissez-moi faire. Hé bien ! votre père n'est pas si déraisonnable que vous le faites ; et il m'a témoigné que ce sont vos emportements qui l'ont mis en colère ; qu'il n'en veut seulement qu'à votre manière d'agir, et qu'il sera fort disposé à vous accorder ce que vous souhaitez, pourvu que vous vouliez vous y prendre par la douceur, et lui rendre les déférences[1], les respects, et les soumissions qu'un fils doit à son père.

Cléante. – Ah ! maître Jacques, tu lui peux assurer que, s'il m'accorde Mariane, il me verra toujours le plus soumis de tous les hommes ; et que jamais je ne ferai aucune chose que par ses volontés.

Maître Jacques. – Cela est fait. Il consent à ce que vous dites.

Harpagon. – Voilà qui va le mieux du monde.

Maître Jacques. – Tout est conclu. Il est content de vos promesses.

Cléante. – Le Ciel en soit loué !

---

1. **Déférences** : respect.

Maître Jacques. – Messieurs, vous n'avez qu'à parler ensemble : vous voilà d'accord maintenant ; et vous alliez vous quereller, faute de vous entendre.

Cléante. – Mon pauvre maître Jacques, je te serai obligé toute ma vie.

Maître Jacques. – Il n'y a pas de quoi, Monsieur.

Harpagon. – Tu m'as fait plaisir, maître Jacques, et cela mérite une récompense. Va, je m'en souviendrai, je t'assure.

Il tire son mouchoir de sa poche, ce qui fait croire à maître Jacques qu'il va lui donner quelque chose.

Maître Jacques. – Je vous baise les mains[1].

Scène 5

Cléante, Harpagon

Cléante. – Je vous demande pardon, mon père, de l'emportement que j'ai fait paraître.

Harpagon. – Cela n'est rien.

Cléante. – Je vous assure que j'en ai tous les regrets du monde.

Harpagon. – Et moi, j'ai toutes les joies du monde de te voir raisonnable.

Cléante. – Quelle bonté à vous d'oublier si vite ma faute !

1. **Je vous baise les mains** : formule de remerciement, ironique ici puisque maître Jacques ne reçoit rien.

Harpagon. – On oublie aisément les fautes des enfants, lorsqu'ils rentrent dans leur devoir.

Cléante. – Quoi ? ne garder aucun ressentiment de toutes mes extravagances ?

Harpagon. – C'est une chose où tu m'obliges par la soumission et le respect où tu te ranges.

Cléante. – Je vous promets, mon père, que, jusques au tombeau, je conserverai dans mon cœur le souvenir de vos bontés.

Harpagon. – Et moi, je te promets qu'il n'y aura aucune chose que de moi tu n'obtiennes.

Cléante. – Ah ! mon père, je ne vous demande plus rien ; et c'est m'avoir assez donné que de me donner Mariane.

Harpagon. – Comment ?

Cléante. – Je dis, mon père, que je suis trop content de vous, et que je trouve toutes choses dans la bonté que vous avez de m'accorder Mariane.

Harpagon. – Qui est-ce qui parle de t'accorder Mariane ?

Cléante. – Vous, mon père.

Harpagon. – Moi !

Cléante. – Sans doute.

Harpagon. – Comment ? C'est toi qui as promis d'y renoncer.

Cléante. – Moi, y renoncer ?

Harpagon. – Oui.

Cléante. – Point du tout.

Harpagon. – Tu ne t'es pas départi d'y prétendre[1] ?

---

1. **Tu ne t'es pas départi d'y prétendre ?** : Tu n'as pas renoncé à l'épouser ?

Cléante. – Au contraire, j'y suis porté plus que jamais.

Harpagon. – Quoi ? pendard, derechef[1] ?

Cléante. – Rien ne me peut changer.

Harpagon. – Laisse-moi faire, traître.

Cléante. – Faites tout ce qu'il vous plaira.

Harpagon. – Je te défends de me jamais voir.

Cléante. – À la bonne heure[2].

Harpagon. – Je t'abandonne.

Cléante. – Abandonnez.

Harpagon. – Je te renonce pour mon fils.

Cléante. – Soit.

Harpagon. – Je te déshérite.

Cléante. – Tout ce que vous voudrez.

Harpagon. – Et je te donne ma malédiction.

Cléante. – Je n'ai que faire de vos dons.

Scène 6

La Flèche, Cléante

La Flèche, *sortant du jardin, avec une cassette.* – Ah ! Monsieur, que je vous trouve à propos ! suivez-moi vite.

---

1. **Derechef** : à nouveau.
2. **À la bonne heure** : tant mieux.

Cléante. – Qu'y a-t-il ?

La Flèche. – Suivez-moi, vous dis-je : nous sommes bien.

Cléante. – Comment ?

La Flèche. – Voici votre affaire.

Cléante. – Quoi ?

La Flèche. – J'ai guigné[1] ceci tout le jour.

Cléante. – Qu'est-ce que c'est ?

La Flèche. – Le trésor de votre père, que j'ai attrapé.

Cléante. – Comment as-tu fait ?

La Flèche. – Vous saurez tout. Sauvons-nous, je l'entends crier.

Scène 7

Harpagon

Il crie au voleur dès le jardin, et vient sans chapeau.

Au voleur ! au voleur ! à l'assassin ! au meurtrier ! Justice, juste Ciel ! je suis perdu, je suis assassiné, on m'a coupé la gorge, on m'a dérobé mon argent. Qui peut-ce être ? Qu'est-il devenu ? Où est-il ? Où se cache-t-il ? Que ferai-je pour le trouver ? Où courir ? Où ne pas courir ? N'est-il point là ? N'est-il point ici ? Qui est-ce ? Arrête. Rends-moi mon argent, coquin… *(Il se prend lui-même le bras.)* Ah ! c'est moi. Mon esprit est troublé, et j'ignore où je suis, qui je suis, et ce que je fais. Hélas ! mon pauvre argent, mon

1. **Guigné** : surveillé.

pauvre argent, mon cher ami ! on m'a privé de toi ; et puisque tu m'es enlevé, j'ai perdu mon support, ma consolation, ma joie ; tout est fini pour moi, et je n'ai plus que faire au monde : sans toi, il m'est impossible de vivre. C'en est fait, je n'en puis plus ; je me meurs, je suis mort, je suis enterré. N'y a-t-il personne qui veuille me ressusciter, en me rendant mon cher argent, ou en m'apprenant qui l'a pris ? Euh ? que dites-vous ? Ce n'est personne. Il faut, qui que ce soit qui ait fait le coup, qu'avec beaucoup de soin on ait épié l'heure ; et l'on a choisi justement le temps que je parlais à mon traître de fils. Sortons. Je veux aller quérir la justice, et faire donner la question à toute la maison : à servantes, à valets, à fils, à fille, et à moi aussi. Que de gens assemblés ! Je ne jette mes regards sur personne qui ne me donne des soupçons, et tout me semble mon voleur. Eh ! de quoi est-ce qu'on parle là ? De celui qui m'a dérobé ? Quel bruit fait-on là-haut ? Est-ce mon voleur qui y est ? De grâce, si l'on sait des nouvelles de mon voleur, je supplie que l'on m'en dise. N'est-il point caché là parmi vous ? Ils me regardent tous, et se mettent à rire. Vous verrez qu'ils ont part sans doute au vol que l'on m'a fait. Allons vite, des commissaires, des archers, des prévôts, des juges, des gênes[1], des potences et des bourreaux. Je veux faire pendre tout le monde ; et si je ne retrouve mon argent, je me pendrai moi-même après.

1. **Gênes** : instruments de torture.

Arrêt sur lecture 4

Un quiz pour commencer

Cochez les bonnes réponses.

❶ *Qui Cléante et Mariane mettent-ils dans la confidence de leur amour ?*

- ❒ Élise et Frosine.
- ❒ Valère et Élise.
- ❒ Valère et Frosine.

❷ *Quel stratagème Frosine imagine-t-elle pour empêcher Harpagon d'épouser Mariane ?*

- ❒ Lui faire croire qu'une femme riche veut l'épouser.
- ❒ Lui faire croire que Mariane est devenue dépensière.
- ❒ Lui dire que Mariane ne l'aime plus.

❸ *Que Cléante demande-t-il à Mariane ?*

- ❒ De tromper la vigilance de sa mère.
- ❒ De convaincre sa mère de la laisser épouser celui qu'elle aime.
- ❒ De l'épouser sans l'accord de sa mère.

❹ *Qu'est-ce qu'Harpagon fait croire à Cléante ?*
- ❒ Qu'il aime une riche veuve.
- ❒ Qu'il veut lui donner Mariane pour épouse.
- ❒ Qu'il se trouve trop âgé pour se marier.

❺ *Quel secret Cléante révèle-t-il à son père ?*
- ❒ Qu'il a rendu visite à Mariane.
- ❒ Que la mère de Mariane a refusé de lui donner la main de sa fille.
- ❒ Qu'il a épousé Mariane en secret.

❻ *Comment Maître Jacques essaie-t-il de réconcilier Harpagon et son fils ?*
- ❒ En leur faisant la morale.
- ❒ En les obligeant à se parler calmement.
- ❒ En faisant croire à Harpagon que Cléante accepte de renoncer à Mariane et à Cléante qu'Harpagon accepte de renoncer à Mariane.

❼ *Comment Harpagon récompense-t-il Maître Jacques ?*
- ❒ En lui donnant de l'argent.
- ❒ En lui disant qu'il se souviendra de son aide.
- ❒ En lui léguant son carrosse.

❽ *Qui a volé la cassette d'Harpagon ?*
- ❒ Cléante.
- ❒ La Flèche.
- ❒ Valère.

❾ *Comment Harpagon réagit-il au vol de sa cassette ?*
- ❒ Il s'évanouit.
- ❒ Il fait pendre tout le monde.
- ❒ Il devient fou et crie son désespoir.

Des questions pour aller plus loin

☛ Étudier les digressions qui ralentissent l'action

Stratagèmes, révélations et fausses confidences

❶ Quelle manœuvre Frosine imagine-t-elle à la scène 1 pour tirer Mariane et Cléante de la fâcheuse situation dans laquelle ils se trouvent ? Pourquoi ne la mettra-t-elle pas à exécution ?
❷ Décrivez le stratagème mis au point par Harpagon pour obtenir l'aveu de son fils à la scène 3. Quelle conséquence cet aveu peut-il avoir sur la suite de l'intrigue ?
❸ Comparez le portrait que Cléante fait de Mariane à son père dans la scène 3 de l'acte IV à celui qu'il a fait d'elle à Élise dans la scène 2 de l'acte I (p. 18). Comment expliquez-vous une telle différence ?
❹ À la scène 4, quel rôle Harpagon demande-t-il de jouer à Maître Jacques ? Comment ce serviteur parvient-il à obtenir la fausse réconciliation du père et du fils ?
❺ Pensez-vous que les scènes 1, 2 et 4 soient indispensables à l'action ? Expliquez leur rôle respectif.

Un conflit de générations

❻ Quelles recommandations Cléante fait-il à Mariane dans la scène 1 ? Que révèlent-elles sur l'époque de Molière ?
❼ Au début de la scène 3, le père et le fils ne semblent pas avoir le même avis sur le mariage. Pourquoi l'échange de leurs répliques (l. 20-47, p. 104-105) est-il comique ?
❽ À la fin de la scène 5, le conflit entre Harpagon et son fils est à son paroxysme. Étudiez comment se manifestent la violence du père et la révolte du fils.

❾ À la scène 4 de l'acte III, La Flèche déclarait qu'Harpagon n'employait jamais le verbe « donner » (l. 29-30, p. 54). Retrouvez la réplique dans laquelle il l'emploie pourtant une fois dans la scène 5 de l'acte IV et dites ce que vous en pensez.

Du coup de théâtre au délire d'Harpagon

❿ La scène 6 est essentielle dans le déroulement de l'intrigue. Pourquoi ?

⓫ Dans son monologue de la scène 7, quels sont les interlocuteurs successifs auxquels s'adresse Harpagon ? Que révèle son adresse directe aux spectateurs ?

⓬ Étudiez les procédés que Molière utilise pour révéler la folie d'Harpagon en relevant, en particulier, les divers types de phrases employés, les apostrophes et le choix des pronoms.

⓭ Quel dénouement la fin de l'acte laisse-t-elle entrevoir ? Qu'en pensez-vous ?

Rappelez-vous !

De nombreuses scènes de cet acte, dans lequel se succèdent fausses pistes, fausses confidences et fausses révélations, ne font pas progresser l'action. Elles ont essentiellement pour fonction de faire rire même si le rire suscité est parfois grinçant. Mais le coup de théâtre de la fin de l'acte fait rebondir l'action et laisse éclater la démesure et la folie d'Harpagon.

De la lecture à l'écriture

Des mots pour mieux écrire

❶ ***Proposez au moins un mot de la même famille que chacun des termes suivants. Il sera construit à l'aide d'un préfixe ou d'un suffixe de votre choix:*** argent, passion, intérêt, consoler, inquiet, secours, jeu, déclarer, franc, goût.

❷ ***Précisez le sens du préfixe ou du suffixe de chacun des nouveaux mots proposés dans l'exercice 1.***

❸ ***Complétez les phrases ci-dessous avec les mots de la liste suivante:*** bienséance, suspect, résolution, dépendance, dépit, considération.

a. Je n'ai pas confiance en cet homme. Il est _________. J'ai pris la _________ de ne plus lui parler. Il en éprouve du __________.
b. Elle ne pouvait rien faire sans lui demander son avis tant elle avait de _________ pour lui. Elle était donc dans une grande _________ à son égard.
c. Il n'agissait pas toujours selon les règles de la _________ et nous en étions choqués.

À vous d'écrire

❶ À la scène 1 de l'acte IV, Frosine propose de demander à une de ses amies de se faire passer pour une riche veuve amoureuse d'Harpagon afin de faire rompre le mariage d'Harpagon avec Mariane. Cette idée ne sera pas suivie d'effet dans la pièce, mais imaginez que Frosine mette son plan à exécution! Écrivez alors la scène de rencontre entre Harpagon et la fausse marquise en trois ou quatre premières répliques pour chaque personnage.

Consigne. La fausse marquise doit se montrer amoureuse d'Harpagon et ses compliments exagérés donneront à rire. Harpagon montrera qu'il est flatté et tenté par l'argent que la riche veuve lui fait miroiter.

❷ À la suite du monologue de la scène 7 de l'acte IV, Harpagon raconte le vol de la cassette au commissaire. Imaginez ce dialogue entre l'avare et l'homme de loi.
Consigne. La première réplique d'Harpagon révélera son affolement et sera complètement confuse ; le commissaire manifestera son incompréhension. L'avare parviendra à présenter les faits à peu près clairement dans sa dernière réplique seulement.

Acte V

Scène 1

HARPAGON, LE COMMISSAIRE, SON CLERC

LE COMMISSAIRE. – Laissez-moi faire, je sais mon métier, Dieu merci. Ce n'est pas d'aujourd'hui que je me mêle de découvrir des vols ; et je voudrais avoir autant de sacs de mille francs que j'ai fait pendre de personnes.

HARPAGON. – Tous les magistrats sont intéressés à prendre cette affaire en main ; et si l'on ne me fait retrouver mon argent, je demanderai justice de la justice.

LE COMMISSAIRE. – Il faut faire toutes les poursuites requises. Vous dites qu'il y avait dans cette cassette… ?

HARPAGON. – Dix mille écus bien comptés.

LE COMMISSAIRE. – Dix mille écus !

HARPAGON. – Dix mille écus.

LE COMMISSAIRE. – Le vol est considérable.

HARPAGON. – Il n'y a point de supplice assez grand pour l'énormité de ce crime ; et s'il demeure impuni, les choses les plus sacrées ne sont plus en sûreté.

LE COMMISSAIRE. – En quelles espèces était cette somme ?

HARPAGON. – En bons louis d'or et pistoles bien trébuchantes.

LE COMMISSAIRE. – Qui soupçonnez-vous de ce vol ?

Harpagon. – Tout le monde ; et je veux que vous arrêtiez prisonniers[1] la ville et les faubourgs.

Le Commissaire. – Il faut, si vous m'en croyez, n'effaroucher personne, et tâcher doucement d'attraper quelques preuves, afin de procéder après par la rigueur au recouvrement des deniers qui vous ont été pris.

Scène 2

Maître Jacques, Harpagon, le Commissaire, son Clerc

Maître Jacques, *au bout du théâtre, en se retournant du côté dont il sort.* – Je m'en vais revenir. Qu'on me l'égorge tout à l'heure ; qu'on me lui fasse griller les pieds, qu'on me le mette dans l'eau bouillante, et qu'on me le pende au plancher.

Harpagon. – Qui ? celui qui m'a dérobé ?

Maître Jacques. – Je parle d'un cochon de lait que votre intendant me vient d'envoyer, et je veux vous l'accommoder à ma fantaisie.

Harpagon. – Il n'est pas question de cela ; et voilà Monsieur, à qui il faut parler d'autre chose.

Le Commissaire. – Ne vous épouvantez point. Je suis homme à ne vous point scandaliser[2], et les choses iront dans la douceur.

Maître Jacques. – Monsieur est de votre souper ?

Le Commissaire. – Il faut ici, mon cher ami, ne rien cacher à votre maître.

---

1. **Arrêtiez prisonniers** : fassiez prisonniers.
2. **À ne vous point scandaliser** : à vous éviter un scandale.

Maître Jacques. – Ma foi ! Monsieur, je montrerai tout ce que je sais faire, et je vous traiterai du mieux qu'il me sera possible.

Harpagon. – Ce n'est pas là l'affaire.

Maître Jacques. – Si je ne vous fais pas aussi bonne chère que je voudrais, c'est la faute de Monsieur notre intendant, qui m'a rogné les ailes avec les ciseaux de son économie.

Harpagon. – Traître, il s'agit d'autre chose que de souper ; et je veux que tu me dises des nouvelles de l'argent qu'on m'a pris.

Maître Jacques. – On vous a pris de l'argent ?

Harpagon. – Oui, coquin ; et je m'en vais te pendre, si tu ne me le rends.

Le Commissaire. – Mon Dieu ! ne le maltraitez point. Je vois à sa mine qu'il est honnête homme, et que sans se faire mettre en prison, il vous découvrira ce que vous voulez savoir. Oui, mon ami, si vous nous confessez la chose, il ne vous sera fait aucun mal, et vous serez récompensé comme il faut par votre maître. On lui a pris aujourd'hui son argent, et il n'est pas que vous ne sachiez[1] quelques nouvelles de cette affaire.

Maître Jacques, *à part*. – Voici justement ce qu'il me faut pour me venger de notre intendant : depuis qu'il est entré céans, il est le favori, on n'écoute que ses conseils, et j'ai aussi sur le cœur les coups de bâton de tantôt.

Harpagon. – Qu'as-tu à ruminer ?

Le Commissaire. – Laissez-le faire : il se prépare à vous contenter, et je vous ai bien dit qu'il était honnête homme.

Maître Jacques. – Monsieur, si vous voulez que je vous dise les choses, je crois que c'est Monsieur votre cher intendant qui a fait le coup.

---

1. **Il n'est pas que vous ne sachiez** : vous savez sûrement.

Harpagon. – Valère ?

Maître Jacques. – Oui.

Harpagon. – Lui, qui me parait si fidèle ?

Maître Jacques. – Lui-même. Je crois que c'est lui qui vous a dérobé.

Harpagon. – Et sur quoi le crois-tu ?

Maître Jacques. – Sur quoi ?

Harpagon. – Oui.

Maître Jacques. – Je le crois… sur ce que je le crois.

Le Commissaire. – Mais il est nécessaire de dire les indices que vous avez.

Harpagon. – L'as-tu vu rôder autour du lieu où j'avais mis mon argent ?

Maître Jacques. – Oui, vraiment. Où était-il votre argent ?

Harpagon. – Dans le jardin.

Maître Jacques. – Justement : je l'ai vu rôder dans le jardin. Et dans quoi est-ce que cet argent était ?

Harpagon. – Dans une cassette.

Maître Jacques. – Voilà l'affaire : je lui ai vu une cassette.

Harpagon. – Et cette cassette, comment est-elle faite ? Je verrai bien si c'est la mienne.

Maître Jacques. – Comment elle est faite ?

Harpagon. – Oui.

Maître Jacques. – Elle est faite… elle est faite comme une cassette.

Le Commissaire. – Cela s'entend. Mais dépeignez-la un peu, pour voir.

Maître Jacques. – C'est une grande cassette.

Harpagon. – Celle qu'on m'a volée est petite.

Maître Jacques. – Eh ! oui, elle est petite, si on le veut prendre par là ; mais je l'appelle grande pour ce qu'elle contient.

Le Commissaire. – Et de quelle couleur est-elle ?

Maître Jacques. – De quelle couleur ?

Le Commissaire. – Oui.

Maître Jacques. – Elle est de couleur… là, d'une certaine couleur… Ne sauriez-vous m'aider à dire ?

Harpagon. – Euh ?

Maître Jacques. – N'est-elle pas rouge ?

Harpagon. – Non, grise.

Maître Jacques. – Eh ! oui, gris-rouge : c'est ce que je voulais dire.

Harpagon. – Il n'y a point de doute : c'est elle assurément. Écrivez, Monsieur, écrivez sa déposition. Ciel ! à qui désormais se fier ? Il ne faut plus jurer de rien ; et je crois après cela que je suis homme à me voler moi-même.

Maître Jacques. – Monsieur, le voici qui revient. Ne lui allez pas dire au moins que c'est moi qui vous ai découvert cela.

Scène 3

Valère, Harpagon, le Commissaire, son Clerc, Maître Jacques

Harpagon. – Approche : viens confesser l'action la plus noire, l'attentat le plus horrible qui jamais ait été commis.

Valère. – Que voulez-vous, Monsieur ?

Harpagon. – Comment, traître, tu ne rougis pas de ton crime ?

Valère. – De quel crime voulez-vous donc parler ?

Harpagon. – De quel crime je veux parler, infâme ! comme si tu ne savais pas ce que je veux dire. C'est en vain que tu prétendrais de le déguiser : l'affaire est découverte, et l'on vient de m'apprendre tout. Comment abuser ainsi de ma bonté, et s'introduire exprès chez moi pour me trahir ? pour me jouer un tour de cette nature ?

Valère. – Monsieur, puisqu'on vous a découvert tout, je ne veux point chercher de détours et vous nier la chose.

Maître Jacques. – Oh, oh ! aurais-je deviné sans y penser ?

Valère. – C'était mon dessein de vous en parler, et je voulais attendre pour cela des conjonctures[1] favorables ; mais puisqu'il est ainsi, je vous conjure de ne vous point fâcher, et de vouloir entendre mes raisons.

Harpagon. – Et quelles belles raisons peux-tu me donner, voleur infâme ?

Valère. – Ah ! Monsieur, je n'ai pas mérité ces noms. Il est vrai que j'ai commis une offense envers vous ; mais, après tout, ma faute est pardonnable.

1. **Conjonctures** : circonstances.

Harpagon. – Comment, pardonnable ? Un guet-apens ? un assassinat de la sorte ?

Valère. – De grâce, ne vous mettez point en colère. Quand vous m'aurez ouï, vous verrez que le mal n'est pas si grand que vous le faites.

Harpagon. – Le mal n'est pas si grand que je le fais. Quoi ? mon sang, mes entrailles, pendard ?

Valère. – Votre sang, Monsieur, n'est pas tombé dans de mauvaises mains. Je suis d'une condition à ne lui point faire de tort, et il n'y a rien en tout ceci que je ne puisse bien réparer.

Harpagon. – C'est bien mon intention, et que tu me restitues ce que tu m'as ravi[1].

Valère. – Votre honneur, Monsieur, sera pleinement satisfait.

Harpagon. – Il n'est pas question d'honneur là-dedans. Mais, dis-moi, qui t'a porté à cette action ?

Valère. – Hélas ! me le demandez-vous ?

Harpagon. – Oui, vraiment, je te le demande.

Valère. – Un dieu qui porte les excuses de tout ce qu'il fait faire : l'Amour.

Harpagon. – L'Amour ?

Valère. – Oui.

Harpagon. – Bel amour, bel amour, ma foi ! l'amour de mes louis d'or.

Valère. – Non, Monsieur, ce ne sont point vos richesses qui m'ont tenté ; ce n'est pas cela qui m'a ébloui, et je proteste de[2]

---

1. **Ravi** : volé.
2. **Je proteste de** : je garantis, je promets.

ne prétendre rien à tous vos biens, pourvu que vous me laissiez celui que j'ai.

Harpagon. – Non ferai, de par tous les diables ! je ne te le laisserai pas. Mais voyez quelle insolence de vouloir retenir le vol qu'il m'a fait !

Valère. – Appelez-vous cela un vol ?

Harpagon. – Si je l'appelle un vol ? Un trésor comme celui-là !

Valère. – C'est un trésor, il est vrai, et le plus précieux que vous ayez sans doute ; mais ce ne sera pas le perdre que de me le laisser. Je vous le demande à genoux, ce trésor plein de charmes ; et pour bien faire, il faut que vous me l'accordiez.

Harpagon. – Je n'en ferai rien. Qu'est-ce à dire cela ?

Valère. – Nous nous sommes promis une foi mutuelle, et avons fait serment de ne nous point abandonner.

Harpagon. – Le serment est admirable, et la promesse plaisante !

Valère. – Oui, nous nous sommes engagés d'être l'un à l'autre à jamais.

Harpagon. – Je vous en empêcherai bien, je vous assure.

Valère. – Rien que la mort ne nous peut séparer.

Harpagon. – C'est être bien endiablé après mon argent.

Valère. – Je vous ai déjà dit, Monsieur, que ce n'était point l'intérêt qui m'avait poussé à faire ce que j'ai fait. Mon cœur n'a point agi par les ressorts que vous pensez, et un motif plus noble m'a inspiré cette résolution.

Harpagon. – Vous verrez que c'est par charité chrétienne qu'il veut avoir mon bien ; mais j'y donnerai bon ordre ; et la justice, pendard effronté, me va faire raison de tout.

Valère. – Vous en userez comme vous voudrez, et me voilà prêt à souffrir toutes les violences qu'il vous plaira ; mais je vous prie de croire au moins que, s'il y a du mal, ce n'est que moi qu'il en faut accuser, et que votre fille en tout ceci n'est aucunement coupable.

Harpagon. – Je le crois bien, vraiment ; il serait fort étrange que ma fille eût trempé dans ce crime. Mais je veux ravoir mon affaire, et que tu me confesses en quel endroit tu me l'as enlevée.

Valère. – Moi ? je ne l'ai point enlevée, et elle est encore chez vous.

Harpagon. – Ô ma chère cassette ! Elle n'est point sortie de ma maison ?

Valère. – Non, Monsieur.

Harpagon. – Hé ! dis-moi donc un peu : tu n'y as point touché ?

Valère. – Moi, y toucher ? Ah ! vous lui faites tort, aussi bien qu'à moi ; et c'est d'une ardeur toute pure et respectueuse que j'ai brûlé pour elle.

Harpagon. – Brûlé pour ma cassette !

Valère. – J'aimerais mieux mourir que de lui avoir fait paraître aucune pensée offensante : elle est trop sage et trop honnête pour cela.

Harpagon. – Ma cassette trop honnête !

Valère. – Tous mes désirs se sont bornés à jouir de sa vue ; et rien de criminel n'a profané la passion que ses beaux yeux m'ont inspirée.

Harpagon. – Les beaux yeux de ma cassette ! Il parle d'elle comme un amant d'une maîtresse.

Valère. – Dame Claude, Monsieur, sait la vérité de cette aventure, et elle vous peut rendre témoignage…

Harpagon. – Quoi ? ma servante est complice de l'affaire ?

Valère. – Oui, Monsieur, elle a été témoin de notre engagement ; et c'est après avoir connu l'honnêteté de ma flamme, qu'elle m'a aidé à persuader votre fille de me donner sa foi, et recevoir la mienne.

Harpagon. – Eh ? Est-ce que la peur de la justice le fait extravaguer ? Que nous brouilles-tu ici de ma fille ?

Valère. – Je dis, Monsieur, que j'ai eu toutes les peines du monde à faire consentir sa pudeur à ce que voulait mon amour.

Harpagon. – La pudeur de qui ?

Valère. – De votre fille ; et c'est seulement depuis hier qu'elle a pu se résoudre à nous signer mutuellement une promesse de mariage.

Harpagon. – Ma fille t'a signé une promesse de mariage !

Valère. – Oui, Monsieur, comme de ma part je lui en ai signé une.

Harpagon. – Ô Ciel ! autre disgrâce !

Maître Jacques. – Écrivez, Monsieur, écrivez.

Harpagon. – Rengrégement[1] de mal ! surcroît de désespoir ! Allons, Monsieur, faites le dû de votre charge, et dressez-lui-moi son procès, comme larron[2], et comme suborneur[3].

Valère. – Ce sont des noms qui ne me sont point dus ; et quand on saura qui je suis…

---

1. **Rengrégement** : augmentation.
2. **Larron** : voleur.
3. **Suborneur** : qui corrompt, qui débauche une jeune fille.

Scène 4

ÉLISE, MARIANE, FROSINE, HARPAGON, VALÈRE, MAÎTRE JACQUES, LE COMMISSAIRE, SON CLERC

HARPAGON. – Ah ! fille scélérate ! fille indigne d'un père comme moi ! c'est ainsi que tu pratiques les leçons que je t'ai données ? Tu te laisses prendre d'amour pour un voleur infâme, et tu lui engages ta foi sans mon consentement ? Mais vous serez trompés l'un et l'autre. Quatre bonnes murailles me répondront de ta conduite ; et une bonne potence me fera raison de ton audace.

VALÈRE. – Ce ne sera point votre passion qui jugera l'affaire ; et l'on m'écoutera, au moins, avant que de me condamner.

HARPAGON. – Je me suis abusé de dire une potence, et tu seras roué tout vif.

ÉLISE, *à genoux devant son père.* – Ah ! mon père, prenez des sentiments un peu plus humains, je vous prie, et n'allez point pousser les choses dans les dernières violences du pouvoir paternel. Ne vous laissez point entraîner aux premiers mouvements de votre passion, et donnez-vous le temps de considérer ce que vous voulez faire. Prenez la peine de mieux voir celui dont vous vous offensez : il est tout autre que vos yeux ne le jugent ; et vous trouverez moins étrange que je me sois donnée à lui, lorsque vous saurez que sans lui vous ne m'auriez plus il y a longtemps. Oui, mon père, c'est celui qui me sauva de ce grand péril que vous savez que je courus dans l'eau, et à qui vous devez la vie de cette même fille dont…

HARPAGON. – Tout cela n'est rien ; et il valait bien mieux pour moi qu'il te laissât noyer que de faire ce qu'il a fait.

ÉLISE. – Mon père, je vous conjure, par l'amour paternel, de me…

Harpagon. – Non, non, je ne veux rien entendre ; et il faut que la justice fasse son devoir.

Maître Jacques. – Tu me payeras mes coups de bâton.

Frosine. – Voici un étrange embarras.

Scène 5

Anselme, Harpagon, Élise, Mariane,
Frosine, Valère, Maître Jacques,
le Commissaire, son Clerc

Anselme. – Qu'est-ce, seigneur Harpagon ? je vous vois tout ému.

Harpagon. – Ah ! seigneur Anselme, vous me voyez le plus infortuné[1] de tous les hommes ; et voici bien du trouble et du désordre au contrat que vous venez faire ! On m'assassine dans le bien, on m'assassine dans l'honneur ; et voilà un traître, un scélérat, qui a violé tous les droits les plus saints, qui s'est coulé chez moi sous le titre de domestique, pour me dérober mon argent et pour me suborner ma fille.

Valère. – Qui songe à votre argent, dont vous me faites un galimatias[2] ?

Harpagon. – Oui, ils se sont donné l'un et l'autre une promesse de mariage. Cet affront vous regarde, seigneur Anselme, et c'est vous qui devez vous rendre partie contre lui, et faire toutes les poursuites de la justice, pour vous venger de son insolence.

---

1. **Infortuné** : malheureux.
2. **Galimatias** : charabia.

Anselme. – Ce n'est pas mon dessein de me faire épouser par force, et de rien prétendre à un cœur qui se serait donné; mais pour vos intérêts, je suis prêt à les embrasser ainsi que les miens propres.

Harpagon. – Voilà Monsieur qui est un honnête commissaire, qui n'oubliera rien, à ce qu'il m'a dit, de la fonction de son office. Chargez-le comme il faut, Monsieur, et rendez les choses bien criminelles.

Valère. – Je ne vois pas quel crime on me peut faire de la passion que j'ai pour votre fille; et le supplice où vous croyez que je puisse être condamné pour notre engagement, lorsqu'on saura ce que je suis…

Harpagon. – Je me moque de tous ces contes; et le monde aujourd'hui n'est plein que de ces larrons de noblesse, que de ces imposteurs, qui tirent avantage de leur obscurité, et s'habillent insolemment du premier nom illustre qu'ils s'avisent de prendre.

Valère. – Sachez que j'ai le cœur trop bon pour me parer de quelque chose qui ne soit point à moi, et que tout Naples peut rendre témoignage de ma naissance.

Anselme. – Tout beau! prenez garde à ce que vous allez dire. Vous risquez ici plus que vous ne pensez; et vous parlez devant un homme à qui tout Naples est connu, et qui peut aisément voir clair dans l'histoire que vous ferez.

Valère, *en mettant fièrement son chapeau.* – Je ne suis point homme à rien craindre, et si Naples vous est connu, vous savez qui était Dom Thomas d'Alburcy.

Anselme. – Sans doute, je le sais; et peu de gens l'ont connu mieux que moi.

Harpagon. – Je ne me soucie ni de Dom Thomas ni de Dom Martin.

Anselme. – De grâce, laissez-le parler, nous verrons ce qu'il en veut dire.

Valère. – Je veux dire que c'est lui qui m'a donné le jour.

Anselme. – Lui ?

Valère. – Oui.

Anselme. – Allez ; vous vous moquez. Cherchez quelque autre histoire, qui vous puisse mieux réussir, et ne prétendez pas vous sauver sous cette imposture.

Valère. – Songez à mieux parler. Ce n'est point une imposture ; et je n'avance rien qu'il ne me soit aisé de justifier.

Anselme. – Quoi ? vous osez vous dire fils de Dom Thomas d'Alburcy ?

Valère. – Oui, je l'ose ; et je suis prêt de soutenir cette vérité contre qui que ce soit.

Anselme. – L'audace est merveilleuse. Apprenez, pour vous confondre, qu'il y a seize ans pour le moins que l'homme dont vous nous parlez périt sur mer avec ses enfants et sa femme, en voulant dérober leur vie aux cruelles persécutions qui ont accompagné les désordres de Naples, et qui en firent exiler plusieurs nobles familles.

Valère. – Oui ; mais apprenez, pour vous confondre[1], vous, que son fils, âgé de sept ans, avec un domestique, fut sauvé de ce naufrage par un vaisseau espagnol, et que ce fils sauvé est celui qui vous parle ; apprenez que le capitaine de ce vaisseau, touché de ma fortune[2], prit amitié pour moi ; qu'il me fit élever comme son propre fils, et que les armes furent mon emploi dès que je m'en trouvai capable ; que j'ai su depuis peu que mon père

1. **Confondre** : convaincre.
2. **Fortune** : destin, sort.

n'était point mort, comme je l'avais toujours cru ; que passant ici pour l'aller chercher, une aventure, par le Ciel concertée, me fit voir la charmante Élise ; que cette vue me rendit esclave de ses beautés ; et que la violence de mon amour, et les sévérités de son père, me firent prendre la résolution de m'introduire dans son logis, et d'envoyer un autre à la quête de mes parents.

ANSELME. – Mais quels témoignages encore, autres que vos paroles, nous peuvent assurer que ce ne soit point une fable que vous ayez bâtie sur une vérité ?

VALÈRE. – Le capitaine espagnol ; un cachet[1] de rubis qui était à mon père ; un bracelet d'agate[2] que ma mère m'avait mis au bras ; le vieux Pedro, ce domestique qui se sauva avec moi du naufrage.

MARIANE. – Hélas ! à vos paroles je puis ici répondre, moi, que vous n'imposez point[3] ; et tout ce que vous dites me fait connaître clairement que vous êtes mon frère.

VALÈRE. – Vous ma sœur ?

MARIANE. – Oui. Mon cœur s'est ému dès le moment que vous avez ouvert la bouche ; et notre mère, que vous allez ravir[4], m'a mille fois entretenue des disgrâces de notre famille. Le Ciel ne nous fit point aussi périr dans ce triste naufrage ; mais il ne nous sauva la vie que par la perte de notre liberté ; et ce furent des corsaires qui nous recueillirent, ma mère et moi, sur un débris de notre vaisseau. Après dix ans d'esclavage, une heureuse fortune nous rendit notre liberté, et nous retournâmes dans Naples, où nous trouvâmes tout notre bien vendu, sans y pouvoir trouver des nouvelles de notre père. Nous passâmes à Gênes, où ma

---

1. **Cachet** : tampon de cire avec lequel on fermait une lettre et sur lequel apparaissaient les armes de la famille.
2. **Agate** : pierre précieuse.
3. **Vous n'imposez point** : vous ne mentez point.
4. **Ravir** : réjouir.

mère alla ramasser quelques malheureux restes d'une succession qu'on avait déchirée ; et de là, fuyant la barbare injustice de ses parents, elle vint en ces lieux, où elle n'a presque vécu que d'une vie languissante.

ANSELME. – Ô Ciel ! quels sont les traits de ta puissance ! et que tu fais bien voir qu'il n'appartient qu'à toi de faire des miracles ! Embrassez-moi, mes enfants, et mêlez tous deux vos transports[1] à ceux de votre père.

VALÈRE. – Vous êtes notre père ?

MARIANE. – C'est vous que ma mère a tant pleuré ?

ANSELME. – Oui, ma fille, oui, mon fils, je suis Dom Thomas d'Alburcy, que le Ciel garantit des ondes avec tout l'argent qu'il portait, et qui vous ayant tous crus morts durant plus de seize ans, se préparait, après de longs voyages, à chercher dans l'hymen d'une douce et sage personne la consolation de quelque nouvelle famille. Le peu de sûreté que j'ai vu pour ma vie à retourner à Naples m'a fait y renoncer pour toujours ; et ayant su trouver moyen d'y faire vendre ce que j'avais, je me suis habitué ici, où, sous le nom d'Anselme, j'ai voulu m'éloigner les chagrins de cet autre nom qui m'a causé tant de traverses.

HARPAGON. – C'est là votre fils ?

ANSELME. – Oui.

HARPAGON. – Je vous prends à partie, pour me payer dix mille écus qu'il m'a volés.

ANSELME. – Lui, vous avoir volé ?

HARPAGON. – Lui-même.

VALÈRE. – Qui vous dit cela ?

---

1. **Transports** : marques de grande affection.

Harpagon. – Maître Jacques.

Valère. – C'est toi qui le dis ?

Maître Jacques. – Vous voyez que je ne dis rien.

Harpagon. – Oui, voilà Monsieur le Commissaire qui a reçu sa déposition.

Valère. – Pouvez-vous me croire capable d'une action si lâche ?

Harpagon. – Capable ou non capable, je veux ravoir mon argent.

Scène 6

Cléante, Valère, Mariane, Élise, Frosine,
Harpagon, Anselme, Maître Jacques, La Flèche,
le Commissaire, son Clerc

Cléante. – Ne vous tourmentez point, mon père, et n'accusez personne. J'ai découvert des nouvelles de votre affaire, et je viens ici pour vous dire que, si vous voulez vous résoudre à me laisser épouser Mariane, votre argent vous sera rendu.

Harpagon. – Où est-il ?

Cléante. – Ne vous en mettez point en peine : il est en lieu dont je réponds, et tout ne dépend que de moi. C'est à vous de me dire à quoi vous vous déterminez ; et vous pouvez choisir, ou de me donner Mariane, ou de perdre votre cassette.

Harpagon. – N'en a-t-on rien ôté ?

Cléante. – Rien du tout. Voyez si c'est votre dessein de souscrire à ce mariage, et de joindre votre consentement à celui de sa mère, qui lui laisse la liberté de faire un choix entre nous deux.

Mariane. – Mais vous ne savez pas que ce n'est pas assez que ce consentement, et que le Ciel, avec un frère que vous voyez, vient de me rendre un père dont vous avez à m'obtenir.

Anselme. – Le Ciel, mes enfants, ne me redonne point à vous pour être contraire à vos vœux. Seigneur Harpagon, vous jugez bien que le choix d'une jeune personne tombera sur le fils plutôt que sur le père. Allons, ne vous faites point dire ce qu'il n'est pas nécessaire d'entendre, et consentez ainsi que moi à ce double hyménée.

Harpagon. – Il faut, pour me donner conseil, que je voie ma cassette.

Cléante. – Vous la verrez saine et entière.

Harpagon. – Je n'ai point d'argent à donner en mariage à mes enfants.

Anselme. – Hé bien ! j'en ai pour eux ; que cela ne vous inquiète point.

Harpagon. – Vous obligerez-vous à faire tous les frais de ces deux mariages ?

Anselme. – Oui, je m'y oblige : êtes-vous satisfait ?

Harpagon. – Oui, pourvu que pour les noces vous me fassiez faire un habit.

Anselme. – D'accord. Allons jouir de l'allégresse que cet heureux jour nous présente.

Le Commissaire. – Holà ! Messieurs, holà ! tout doucement, s'il vous plaît : qui me payera mes écritures ?

Harpagon. – Nous n'avons que faire de vos écritures.

Le Commissaire. – Oui ! mais je ne prétends pas, moi, les avoir faites pour rien.

Harpagon. – Pour votre paiement, voilà un homme que je vous donne à pendre.

Maître Jacques. – Hélas ! comment faut-il donc faire ? On me donne des coups de bâton pour dire vrai, et on me veut pendre pour mentir.

Anselme. – Seigneur Harpagon, il faut lui pardonner cette imposture.

Harpagon. – Vous payerez donc le Commissaire ?

Anselme. – Soit. Allons vite faire part de notre joie à votre mère.

Harpagon. – Et moi, voir ma chère cassette.

Arrêt sur lecture 5

Un quiz pour commencer

Cochez les bonnes réponses.

❶ *Qui Maître Jacques accuse-t-il du vol de la cassette ?*
- ❒ Cléante.
- ❒ Frosine.
- ❒ Valère.

❷ *Comment était la cassette volée ?*
- ❒ Grande.
- ❒ Rouge.
- ❒ Petite.

❸ *Quel aveu Valère fait-il à Harpagon ?*
- ❒ Il a menti : il n'est pas intendant.
- ❒ Il a volé la cassette.
- ❒ Élise et lui se sont promis de se marier.

❹ ***Comment Harpagon interprète-t-il les paroles de Valère ?***

❒ Il croit que Valère aime Mariane.

❒ Il croit que Valère lui a enlevé sa fille.

❒ Il croit que Valère lui a volé sa cassette.

❺ ***Pourquoi Harpagon aurait-il préféré voir sa fille noyée ?***

❒ Parce qu'il pense que Valère lui a volé sa cassette.

❒ Parce qu'elle aime Valère.

❒ Parce qu'elle refuse d'épouser le seigneur Anselme.

❻ ***Que déclare Anselme quand il apprend que Valère et Élise se sont engagés l'un envers l'autre ?***

❒ Qu'il les fera poursuivre par la justice.

❒ Qu'il entend faire respecter la parole qui lui a été donnée d'épouser Élise.

❒ Qu'il ne veut pas se faire épouser de force.

❼ ***Quelles preuves Valère apporte-t-il de sa naissance ?***

❒ Un cachet de rubis et un bracelet d'agate.

❒ Un diamant et un cachet de rubis.

❒ Un bracelet d'agate et une médaille.

❽ ***Qui Anselme se révèle-t-il être ?***

❒ Le père de Frosine.

❒ Le père de Valère et Mariane.

❒ Le frère d'Harpagon.

❾ ***Que risque Maître Jacques pour avoir menti ?***

❒ D'être pendu.

❒ De recevoir des coups de bâton.

❒ De payer une amende.

Des questions pour aller plus loin

Comprendre les étapes du dénouement

Des quiproquos en tous genres

❶ Relever les deux quiproquos de la scène 2. Dites en quoi consiste chacun d'eux.
❷ Pourquoi la scène 2, qui est une scène de trahison, est-elle cependant comique ? Répondez en vous appuyant avec précision sur le texte.
❸ Sur quel quiproquo la plus grande partie de la scène 3 est-elle fondée ? Comment expliquez-vous que ce dialogue de sourds puisse durer si longtemps ?
❹ Quelle réplique d'Harpagon annonce la fin du quiproquo ? Quel aveu précis de Valère fait cesser le malentendu ?

Une scène de reconnaissance

❺ Expliquez en quoi la réflexion de Frosine à la fin de la scène 4 semble justifiée : vous préciserez, en particulier, les menaces qui pèsent sur Élise et Valère.
❻ Pourquoi n'est-on pas totalement surpris de voir arriver Anselme sur scène ? Relevez une de ses réflexions qui, dès le début de la scène 6, permet une lueur d'espoir pour Élise et Valère.
❼ Rappelez qui reconnaît qui dans la scène 6. Quelles preuves de son identité Valère fournit-il ?
❽ Quels indices, depuis le début de la pièce, préparent cette scène de retrouvailles ? Dites si elle vous paraît vraisemblable ou non en expliquant pourquoi.

Tout est bien qui finit bien ?

❾ Quel fait de l'acte IV rend possible le chantage que Cléante exerce sur son père au début de la scène 6 ? Quel dernier nœud de l'intrigue est enfin dénoué dans cette scène ?

❿ Comment comprenez-vous la réplique de Maître Jacques : « Hélas ! comment faut-il donc faire ? On me donne des coups de bâton pour dire vrai, et on me veut pendre pour mentir » (scène 6, l. 44-46, p. 139) ?

⓫ Dans la dernière scène, relevez les différents problèmes qu'Anselme résout successivement avec générosité et noblesse.

⓬ Pourquoi peut-on dire que tout oppose les deux pères, Anselme et Harpagon ? Vous appuierez votre réponse sur le texte des scènes 5 et 6.

⓭ Peut-on dire qu'Harpagon a évolué depuis le début de la pièce ? Quelle conclusion tirez-vous de sa dernière réplique, qui est aussi la dernière de la pièce ?

Rappelez-vous !

Il faut attendre la dernière scène de la pièce pour que tous les fils de l'intrigue soient dénoués. C'est l'arrivée d'un personnage attendu depuis l'acte II qui permet la scène de reconnaissance, assez invraisemblable, et le dénouement longtemps retardé qui voit triompher les jeunes couples d'amoureux. Mais l'avare reste identique à lui-même, esclave de sa passion pour sa cassette.

De la lecture à l'écriture

Des mots pour mieux écrire

❶ ***Voici une liste de verbes qui sont employés dans l'acte V. À chacun d'eux faites correspondre un ou plusieurs noms de la même famille :*** venger, voler, déguiser, trahir, restituer, promettre, souffrir, consentir, offenser, noyer, épouser.

❷ ***Complétez les phrases suivantes avec des noms que vous avez trouvés dans l'exercice 1 :***

a. Après avoir obtenu le _________ de leurs parents, ils ont échangé leur _________ de mariage et la cérémonie a été célébrée.
b. Valère avait sauvé Élise de la _________ et on l'accusait pourtant d'_________ !
c. Le _________ de Valère a dissimulé son identité aux yeux d'Harpagon.
d. Le _________ de sa cassette a rendu l'avare fou. La _________ de ce trésor l'a apaisé.

À vous d'écrire

❶ À la suite du dénouement de la pièce, la mère de Mariane retrouve son mari et son fils en présence de Cléante et Élise. Imaginez et racontez cette scène de retrouvailles en une vingtaine de lignes.
Consigne. Vous mettrez l'accent sur l'émotion partagée durant ces retrouvailles après tant d'années de séparation et la joie entière des deux jeunes couples d'amoureux.

❷ Élise et Valère, Mariane et Cléante se marient. Faites le récit de leur repas de noce en une quinzaine de lignes.
Consigne. Vous pouvez évoquer les plats servis durant le festin en vous appuyant sur les scènes 1 et 7 de l'acte III, sans oublier qu'Harpagon est toujours aussi avare mais qu'Anselme est généreux. La scène sera à la fois joyeuse et comique car Harpagon s'inquiétera sans cesse à l'idée de faire des dépenses, ainsi qu'à l'idée de laisser sa cassette sans surveillance.

Du texte à l'image

➡ Bernard Lefebvre (Harpagon) dans *L'Avare*, mise en scène de Sissia Buggy à l'Espace Marais en 2004.
(Photographie reproduite en couverture.)
➡ Charles Dullin dans la mise en scène de *L'Avare* par Jacques Copeau au Théâtre de la Cité en 1944.
➡ Michel Serrault dans la mise en scène de *L'Avare* par Roger Planchon au TNP de Lyon en 1986.
(Photographies reproduites en fin d'ouvrage, au verso de la couverture.)

Lire l'image

❶ Comparez les deux photographies qui représentent Harpagon avec sa cassette (en couverture et en fin d'ouvrage au verso de la couverture). Caractérisez avec précision l'attitude d'Harpagon dans chacune d'elles.
❷ Décrivez la photographie de la mise en scène de Roger Planchon. Quelle vision du personnage de l'avare révèle-t-elle ?
❸ Parmi les cinq photographies de mises en scène reproduites dans cet ouvrage, quelle interprétation du personnage d'Harpagon préférez-vous ? Expliquez pourquoi.

Comparer le texte et l'image

❹ À quel moment de la pièce la photographie de la mise en scène de Roger Planchon a-t-elle été prise ? Retrouvez, dans le texte, une réplique qui pourrait lui servir de légende.

À vous de créer

❺ Rédigez une note d'intention de mise en scène pour la dernière scène de la pièce : choisissez quelques passages et recopiez-les sur la partie gauche de votre feuille ; sur la partie droite, face à chaque réplique, vous indiquerez les positions des personnages dans l'espace scénique, leurs gestes, leurs attitudes. Vous pouvez illustrer votre note d'intention à l'aide de croquis.

Arrêt sur l'œuvre

Des questions sur l'ensemble de la pièce

Des caractères bien dessinés

❶ Le portrait d'Harpagon se précise de scène en scène. Retrouvez tous les éléments qui permettent de le composer.
❷ En quoi peut-on dire que Cléante semble bien loin d'être atteint du même vice que son père ? Quels traits de caractère communs Harpagon et son fils partagent-ils cependant ?
❸ Les portraits d'Harpagon et de Mariane varient selon l'interlocuteur et le moment de la pièce. Montrez-le. Quelles conclusions en tirez-vous ?
❹ Que pensez-vous du comportement de Valère face à Harpagon ? Expliquez pourquoi il vous paraît, ou non, justifiable.
❺ Retrouvez, dans la pièce, la réplique qui vous semble le mieux caractériser Frosine.
❻ Présentez, en quelques lignes, les différents aspects du personnage de Maître Jacques.

Une critique virulente de la société du XVIIe siècle

❼ La flatterie est une attitude adoptée par plusieurs personnages. Lesquels ? Pourquoi ?
❽ La pièce présente des rapports humains régis souvent par la violence verbale et même physique. Montrez-le en vous appuyant sur des exemples précis.
❾ Le mariage est au cœur de l'intrigue. Faites le relevé des différents mariages envisagés et montrez que, à l'époque de Molière, c'est davantage une affaire sociale qu'une histoire d'amour.
❿ Relevez les passages de la pièce où un membre de la famille d'Harpagon souhaite du mal à l'un de ses proches. Quelle vision Molière propose-t-il ainsi des relations familiales à son époque ?
⓫ Dans quels passages de *L'Avare* est-il question d'usuriers ? Que pensez-vous de la pratique de l'usure, fréquente au XVIIe siècle ?

Une grande diversité de procédés comiques

⓬ Quels procédés comiques propres à la farce retrouve-t-on dans *L'Avare* ? Appuyez votre réponse sur des passages précis du texte.
⓭ Relevez les diverses répétitions qui déclenchent le rire dans la pièce. Pourquoi sont-elles comiques ?
⓮ Les quiproquos sont multiples dans la pièce. Relevez-les en expliquant leur fonction.
⓯ Dans quels passages Harpagon s'adresse-t-il en aparté ou même directement aux spectateurs ? Quel est l'intérêt d'un tel choix ?

Un dénouement soigneusement préparé

⓰ Tout au long de la pièce, et dès la première scène, des éléments annoncent le coup de théâtre du dénouement. Relevez-les.
⓱ Le vol de la cassette est préparé tout au long de la pièce. Comment ?

Des mots pour mieux écrire

Lexique de l'injure et de la violence

Aller à tous les diables : souhaiter à quelqu'un les pires choses (y compris la mort).
Bailler : donner des coups.
Bourreau : qui fait le mal.
Chien de vilain : horrible avare.
Donner la question : torturer.
Donner sa malédiction : souhaiter le mal pour quelqu'un.
Gibier de potence : digne d'être pendu.
Imposteur : qui prend la place d'un autre ou se fait passer pour un autre.
La peste soit de l'avarice et des avaricieux : que les avares attrapent la peste !
Maître juré filou : maître dans l'art d'escroquer les gens.
Pendard : qui mérite la pendaison.
Potences : lieux de la pendaison.
Que la fièvre te serre : souhaiter à quelqu'un les pires maladies.
Que la peste t'étouffe : souhaiter que quelqu'un ait la peste (donc qu'il meure !).
Quereller : se mettre en colère contre quelqu'un.
Rosser : battre.
Rouer vif : torturer sur la roue, écarteler.
Suborneur : qui détourne du droit chemin.

Complétez les phrases suivantes avec les mots ou expressions du lexique ci-dessus qui vous sembleront les plus appropriés (plusieurs solutions sont parfois possibles). Les verbes sont parfois à conjuguer.

a. Mon fils, tu es indigne de moi, tu mérites d'être _________, je te _________.

b. Il m'a trahi, ce _________, il n'est qu'un _________, un _________.

c. Après le vol de sa cassette, Harpagon se met à maudire un invisible escroc en criant : _________ ! _________ ! _________ !

Lexique de l'argent

Bien : ce que l'on possède.
Constitution : placement financier.
Denier cinq : taux d'intérêt à 20 %.
Denier dix-huit : taux d'intérêt à 5,5 % (le taux légal était de 5 %).
Denier quatre : taux d'intérêt à 25 % (taux exorbitant).
Dissiper son bien : gaspiller le bien que l'on possède jusqu'à le faire disparaître.
Dot : somme d'argent que les parents donnaient à leurs filles au moment de son mariage.
Écu (d'argent) : équivalent de 30 euros.
Épargne : argent que l'on met de côté.
Être cousu de pistoles : être riche.
Livre : environ 10 euros.
Louis d'or : équivalent de 10 livres, soit 100 euros.
Pistole : équivalent de 11 livres, soit 110 euros.
Quittance : reconnaissance écrite d'un paiement.
Rente : somme d'argent que l'argent placé rapporte.
Sol : environ cinquante centimes d'euro.
Usure : prêt à taux excessif.
Usurier : celui qui prête à taux excessif.

Mots croisés

Tous les mots à placer dans cette grille simplifiée se trouvent dans le lexique de l'argent ci-dessus.

Horizontalement

1 Il ne prête pas l'argent à un taux convenable.
2 Ce qu'une jeune fille recevait lors de son mariage.
3 Ici, c'est une monnaie et non pas un ouvrage à lire.
4 L'écureuil en est le symbole.

Verticalement

A Ce que l'on reçoit en échange du paiement de ce que l'on doit.
B Celui-ci ne sert pas à protéger le chevalier.
C Monnaie qui équivaut à 11 livres.
D Mieux vaut en avoir une quand on ne gagne pas d'argent.

A
B
C
D
1
2
3
4

Lexique de l'hypocrisie

Abuser : profiter de la crédulité de quelqu'un.
Adroite complaisance : flatterie.
Assaisonner en louanges : flatter.
Biaiser : présenter les choses de façon détournée.
Contrefaire : imiter.
Déguiser : mettre un déguisement, usurper une identité, cacher.
Espion : celui qui surprend volontairement des secrets.
Faire accroire : faire croire.
Faire un mystère : cacher la vérité.
Feindre : faire semblant.
Feinte : action de faire semblant.
Flatter : faire croire à quelqu'un qu'il est beaucoup mieux qu'il n'est en réalité.
Gratter : flatter.
Leurre : artifice fait pour tromper.
Masque : objet fait pour dissimuler ce qu'on est.
S'ajuster à quelqu'un : faire semblant d'être d'accord avec quelqu'un.
Se parer : mettre l'habit d'un autre.
Se parer de l'inclination de quelqu'un : faire semblant d'être du même avis que quelqu'un pour mieux le berner.
Traire quelqu'un : lui soutirer tout ce qui est possible.

Complétez le texte suivant à l'aide des mots ou expressions du lexique de l'hypocrisie.

Il s'est _________ d'un prestige qui n'était pas le sien. Il a employé de multiples _________ pour tromper son monde. Il a parfaitement _________ le bourgeois et on l'a pris pour tel. C'est un être qui avance toujours dans la vie avec un _________, qui sait _________ à celui qu'il veut flatter, l'_________, l'_________. Il a fait du mensonge et de l'hypocrisie son métier !

À vous de créer

Une mise en scène de L'Avare

La lecture de *L'Avare* vous a amusé(e) mais vous vous rendez bien compte que le texte ne prendra tout son sens que lorsqu'il sera représenté sur une scène de théâtre. Vous décidez alors de monter la pièce.

• Premières questions à vous poser

– Comment interpréter le personnage principal ? Est-il avant tout un fou qui fait rire, ou un être malfaisant, ou encore un homme affreusement seul ? C'est en fonction de l'interprétation retenue que vous choisirez l'acteur qui saura le mieux jouer ce personnage.

– Où l'action va-t-elle se dérouler ? L'indication donnée dans la didascalie initiale, « à Paris », vous donne une première indication mais vous avez à imaginer vous-même la maison d'Harpagon dans laquelle se déroule toute la pièce.

– À quelle époque l'action va-t-elle se situer ? Au XVIIe siècle, époque de l'écriture de la pièce, ou à notre époque, par exemple ? Dans ce dernier cas, il vous faudra aussi opter pour des costumes contemporains et vous pourrez montrer ainsi à vos spectateurs que le thème de l'argent, central dans la pièce, n'a rien perdu de son actualité.

– Quelles lumières, quels accessoires choisir ? Vos choix décideront de l'originalité de votre mise en scène et participeront à sa réussite.

• Concrétisation du projet

Pour concrétiser votre projet, rédigez une note d'intention de mise en scène dans laquelle vous exposerez vos choix en les justifiant. Vous accompagnerez cette note d'un bref résumé de la pièce et de croquis de propositions de décors et de costumes. Vous pouvez accompagner votre note d'intention d'une maquette en carton et d'une affiche.

Groupements de textes

L'amour de l'argent

Théophraste, « De l'effronterie causée par l'avarice »

Théophraste (372 av. J.-C.-288 av. J.-C.) est un auteur de l'Antiquité grecque. Dans cet extrait, il fait le portrait d'un avare qui vit le plus qu'il peut aux dépens des autres. Jean de La Bruyère (1645-1696), moraliste français qui donne à voir les vices des hommes pour mieux les en détourner, a lui-même traduit les textes de Théophraste, insérés dans la première édition de ses *Caractères*.

Pour faire connaître ce vice, il faut dire que c'est un mépris de l'honneur dans la vue d'un vil intérêt. Un homme que l'avarice rend effronté ose emprunter une somme d'argent à celui à qui il en doit déjà, et qu'il lui retient avec injustice. Le jour même qu'il aura sacrifié aux dieux, au lieu de manger religieusement chez soi une partie des viandes consacrées, il les fait saler pour lui servir dans plusieurs repas, et va souper chez l'un de ses amis ; et là, à table, à la vue de tout le monde, il appelle son valet, qu'il veut encore nourrir aux dépens de son hôte, et lui coupant un morceau de viande qu'il met sur un quartier de pain : « Tenez, mon ami, lui dit-il, faites bonne chère. » […] Tout lui fait envie : il veut profiter des bons marchés, et demande hardiment au premier venu une chose qu'il ne vient que d'acheter. Se trouve-t-il dans une maison étrangère, il emprunte jusqu'à l'orge et à la paille; encore faut-il que celui qui les lui prête fasse les frais de les faire porter chez lui. Cet effronté, en un mot, entre sans payer dans un bain public, et là, en présence du baigneur, qui crie inutilement contre lui, prenant le premier vase qu'il rencontre, il le plonge dans une cuve d'airain qui est remplie d'eau, se la répand sur tout le corps: « Me voilà lavé, ajoute-t-il, autant que j'en ai besoin, et sans avoir obligation à personne », remet sa robe et disparaît.

Théophraste, *Des caractères* [IIIe siècle av. J.-C.],
trad. de Jean de La Bruyère [1688], Les Belles Lettres, 1964.

Plaute, *La Comédie de la marmite*

Plaute (254 av. J.-C.-184 av. J.-C.) est un poète comique de l'Antiquité latine. *La Comédie de la marmite* (*Aulularia* en latin) a servi de modèle à *L'Avare* de Molière. Euclion a enterré son or dans une marmite. De quiproquo en quiproquo, il devient fou à l'idée qu'on lui vole son bien.

Euclion, *seul* – J'ai voulu aujourd'hui avoir le courage de me bien traiter, pour le mariage de ma fille. J'arrive au marché, je demande le prix des poissons, on me les fait cher, l'agneau cher, le bœuf cher, le veau, le thon, le porc, tout était cher, et d'autant plus cher que je n'avais pas un sou. Je m'en vais, furieux, puisque je n'avais pas de quoi acheter. De cette façon, je leur ai joué le tour, à toutes ces crapules. Après quoi, je me suis mis à réfléchir, chemin faisant: si l'on est prodigue un jour de fête, le reste du temps, on peut se mettre la ceinture, si l'on n'a pas été économe. Après avoir raisonné mon ventre et mon désir, mon esprit s'est rangé à cet avis, de célébrer le mariage de ma fille aux moindres frais. Sur quoi j'acheté ce petit peu d'encens et des couronnes de fleurs; on mettra tout cela sur l'autel du foyer, en l'honneur de notre Lare, dans notre foyer, pour qu'il bénisse le mariage de ma fille. Mais pourquoi vois-je ouverte la porte de chez nous? Et ce vacarme à l'intérieur? Est-ce qu'on serait en train de me piller, malheureux que je suis?

Congrion, *parlant à l'intérieur de la maison* – Va chez le voisin chercher, si possible, une marmite plus grande ; celle-ci est trop petite, elle n'a pas la contenance nécessaire.

Euclion – Hé là ! Malheur à moi ; on me vole mon or, on va chercher une marmite. Je suis un homme mort, si je ne me hâte pas de courir à la maison. Apollon, je t'en prie, viens à mon secours ; aide-moi. Frappe de tes flèches ces voleurs de trésors, si jamais tu as été secourable en pareille aventure. Mais je tarde à courir, avant d'être tout à fait ruiné ?

Plaute, *La Comédie de la marmite* [IIe siècle av. J.-C.], trad. de Pierre Grimal, acte II, scène 8, Gallimard, « Folio classique », 1991.

Michel de Montaigne, *Essais*

Dans l'un de ses essais, Montaigne (1532-1592) montre la plus ridicule de toutes les folies humaines : l'amour de l'argent. Il expose sa propre expérience : démuni et insouciant quand il était jeune, il est devenu préoccupé sans cesse de sa fortune quand il est devenu riche (extrait ci-dessous), jusqu'à ce qu'il comprenne, dans un troisième temps, qu'il était plus sage de vivre au jour le jour et que « toutes les économies du monde ne sauraient suffire aux besoins extraordinaires »...

Allais-je en voyage ? Il ne me semblait jamais être suffisamment pourvu. Et plus je m'étais chargé de monnaie, plus aussi je m'étais chargé de crainte ; tantôt de la sûreté des chemins, tantôt de la fidélité de ceux qui conduisaient mon bagage, duquel, comme d'autres que je connais, je ne m'assurais jamais assez si je ne l'avais devant mes yeux. Laissais-je ma boîte chez moi, combien de soupçons et pensements épineux, et, qui pis est, incommunicables ! J'avais toujours l'esprit de ce côté. Tout compté, il y a plus de peine à garder l'argent qu'à l'acquérir. Si je n'en faisais du tout tant que j'en dis, au moins il me coûtait à m'empêcher de le faire. De commodité, j'en tirais peu ou rien : pour avoir plus de moyen de dépense, elle ne m'en pesait pas moins. Car, comme disait Bion, autant se fâche le chevelu comme le chauve, qu'on lui arrache le poil ; et depuis que vous êtes accoutumé et avez planté votre fantaisie sur certain monceau, il n'est plus à votre service ;

vous n'oseriez l'écorner. C'est un bâtiment qui, comme il vous semble, croulera tout, si vous y touchez. Il faut que la nécessité vous prenne à la gorge pour l'entamer. Et auparavant, j'engageais mes hardes et vendais un cheval, avec bien moins de contrainte et moins envis, que lors je ne faisais brèche à cette bourse favorite, que je tenais à part. Mais le danger était, que mal aisément peut-on établir bornes certaines à ce désir (elles sont difficiles à trouver ès choses qu'on croit bonnes) et arrêter un point à l'épargne. On va toujours grossissant cet amas et l'augmentant d'un nombre à autre, jusques à se priver vilainement de ses propres biens, et l'établir toute en la garde et à n'en user point.

Selon cette espèce d'usage, ce sont les plus riches gens qui ont charge de la garde des portes et murs d'une bonne ville. Tout homme pécunieux est avaricieux à mon gré.

Montaigne, *Essais* [1580], livre I, XIV, Gallimard, « Folio classique », 2009.

Jean de La Fontaine, « L'avare qui a perdu son trésor »

Dans cette fable inspirée de l'auteur grec Ésope (VIIe siècle-VIe siècle av. J.-C.), La Fontaine (1621-1695) fait le portrait d'un avare qui a enterré son or et se le fait voler alors qu'il se contentait de posséder son trésor sans jamais s'en servir, d'où la morale ironique du fabuliste.

[…]
Ce malheureux attendait
Pour jouir de son bien une seconde vie ;
Ne possédait pas l'or, mais l'or le possédait.
Il avait dans la terre une somme enfouie,
Son cœur avec, n'ayant autre déduit
Que d'y ruminer jour et nuit,
Et rendre sa chevance [1] à lui-même sacrée.
Qu'il allât ou qu'il vînt, qu'il bût ou qu'il mangeât,
On l'eût pris de bien court, à moins qu'il ne songeât

1. **Chevance** : Bien que l'on possède (mot vieilli).

À l'endroit où gisait cette somme enterrée.
Il y fit tant de tours qu'un fossoyeur le vit,
Se douta du dépôt, l'enleva sans rien dire.
Notre avare un beau jour ne trouva que le nid.
Voilà mon homme aux pleurs; il gémit, il soupire.
Il se tourmente, il se déchire.
Un passant lui demande à quel sujet ses cris.
« C'est mon trésor que l'on m'a pris.
– Votre trésor? où pris? – Tout joignant cette pierre.
– Eh! sommes-nous en temps de guerre,
Pour l'apporter si loin? N'eussiez-vous pas mieux fait
De le laisser chez vous en votre cabinet,
Que de le changer de demeure?
Vous auriez pu sans peine y puiser à toute heure.
– À toute heure? bons Dieux! ne tient-il qu'à cela?
L'argent vient-il comme il s'en va?
Je n'y touchais jamais. – Dites-moi donc, de grâce,
Reprit l'autre, pourquoi vous vous affligez tant:
Puisque vous ne touchiez jamais à cet argent,
Mettez une pierre à la place,
Elle vous vaudra tout autant. »

Jean de La Fontaine, *Fables* [1668], livre IV, fable 20,
Gallimard, « Folio classique », 1991.

Charles Dickens, *Un chant de Noël*

Dans ce beau texte de Dickens (1812-1870), Scrooge, un vieil avare qui n'aime personne, va être confronté à diverses images de sa vie et ainsi prendre conscience avant sa mort de son inhumanité. Il va alors faire le bien. Le passage reproduit ci-dessous se situe au début du conte quand Scrooge rabroue son neveu, pauvre et généreux, qui lui souhaite un joyeux Noël.

La porte du bureau de comptabilité de Scrooge demeurait ouverte afin qu'il pût avoir l'œil sur son commis, occupé à copier des lettres dans une lugubre petite cellule à côté, une sorte de citerne. Scrooge avait un tout petit feu, mais celui de son commis était tellement plus petit encore qu'il semblait réduit à un seul morceau de charbon. Le malheureux ne pouvait le regarnir, car c'était Scrooge qui gardait le seau et, chaque fois que le commis entrait, la pelle à la main, son patron ne manquait pas de lui prédire qu'ils seraient forcés de se séparer. Là-dessus le commis mettait son cache-nez blanc et essayait de se réchauffer à la flamme d'une bougie sans toutefois y parvenir, étant donné qu'il n'avait guère d'imagination. « Joyeux Noël, mon oncle, et que Dieu vous garde ! » s'écria une voix enjouée. C'était le neveu de Scrooge, qui s'était retrouvé si rapidement devant son oncle qu'il n'y eut que sa voix pour annoncer son arrivée.

« Bah ! dit Scrooge, sornettes ! »

[....]

« Noël, des sornettes, mon oncle ! dit le neveu de Scrooge ; vous ne parlez pas sérieusement, j'en suis sûr,

– Si fait, répondit Scrooge. Joyeux Noël ! De quel droit êtes-vous joyeux ? Et pour quelle raison ? Vous êtes déjà bien assez pauvre !

– Allons, allons ! répliqua le neveu, de quel droit êtes-vous si lugubre ? Et pour quelle raison êtes-vous maussade ? Vous êtes déjà bien assez riche !

– Bah ! » s'exclama à nouveau Scrooge qui, sur le coup, n'avait pas de meilleure réponse à fournir, et de répéter : « Sornettes ! »

« Ne soyez pas de mauvaise humeur, mon oncle, fit le neveu.

– Et comment ne pas l'être, répartit l'oncle, lorsqu'on vit dans un tel monde de fous ? Joyeux Noël ! Au diable, votre joyeux Noël ! Qu'est-ce donc que la Noël pour nous, si ce n'est l'époque de l'année où il faut régler ses factures alors qu'on n'a pas d'argent ? L'époque où on se retrouve plus vieux d'une année et pas plus riche d'une heure. L'époque où on fait ses comptes pour constater que, tout au long des douze mois, chacun des articles s'est inscrit sans hésiter à notre passif ? Si je pouvais en faire à ma guise, poursuivit Scrooge d'un ton indigné, chaque imbécile qui court les rues, un "joyeux Noël" à la bouche, serait mis à bouillir avec son pudding et enterré une branche de houx plantée dans le cœur. Ah ça, oui ! »

Charles Dickens, *Un chant de Noël* [1843], trad. de Marcelle Sibon, Gallimard, « Folio junior », 1998.

Émile Zola, *La Curée*

Dans ce texte, on peut dire qu'il pleut des pièces de vingt francs ! Aristide Saccard (qui est aussi le héros de *L'Argent*, autre roman d'Émile Zola [1840-1902] sur le même thème) a emmené sa femme Angèle au restaurant. Il lui présente, exalté, le terrain futur des spéculations immobilières qui le rendront riche.

Ce jour-là, ils dînèrent au sommet des buttes, dans un restaurant dont les fenêtres s'ouvraient sur Paris, sur cet océan de maisons aux toits bleuâtres, pareils à des flots pressés emplissant l'immense horizon. Leur table était placée devant une des fenêtres. Ce spectacle des toits de Paris égaya Saccard. Au dessert, il fit apporter une bouteille de bourgogne. Il souriait à l'espace, il était d'une galanterie inusitée. Et ses regards, amoureusement, redescendaient toujours sur cette mer vivante et pullulante, d'où sortait la voix profonde des foules. On était à l'automne ; la ville, sous le grand ciel pâle, s'alanguissait, d'un gris doux et tendre, piqué çà et là de verdures sombres, qui ressemblaient à de larges feuilles de nénuphars nageant sur un lac ; le soleil se couchait dans un nuage rouge, et, tandis que les fonds s'emplissaient d'une brume légère, une poussière d'or, une rosée d'or tombait sur la rive droite de la ville, du côté de la Madeleine et des Tuileries. C'était comme le coin enchanté d'une cité des *Mille et Une Nuits*, aux arbres d'émeraude, aux toits de saphir, aux girouettes de rubis. Il vint un moment où le rayon qui glissait entre deux nuages fut si resplendissant, que les maisons semblèrent flamber et se fondre comme un lingot d'or dans un creuset.

– Oh ! vois, dit Saccard, avec un rire d'enfant, il pleut des pièces de vingt francs dans Paris !

Angèle se mit à rire à son tour, en accusant ces pièces-là de n'être pas faciles à ramasser. Mais son mari s'était levé, et, s'accoudant sur la rampe de la fenêtre :

– C'est la colonne Vendôme, n'est-ce pas, qui brille là-bas ?… Ici, plus à droite, voilà la Madeleine… Un beau quartier, où il y a beaucoup à faire… Ah ! cette fois, tout va brûler ! Vois-tu ?… On dirait que le quartier bout dans l'alambic de quelque chimiste.

Sa voix demeurait grave et émue. La comparaison qu'il avait

trouvée parut le frapper beaucoup. Il avait bu du bourgogne, il s'oublia, il continua, étendant le bras pour montrer Paris à Angèle, qui s'était également accoudée à son côté :

– Oui, oui, j'ai bien dit, plus d'un quartier va fondre, et il restera de l'or aux doigts des gens qui chaufferont et remueront la cuve. [...]

Angèle secoua son malaise et reprit la plaisanterie que son mari avait faite au dessert.

– Ah ! bien, dit-elle avec un sourire, il en est tombé de ces pièces de vingt francs ! Voilà les Parisiens qui les comptent. Regarde donc les belles piles qu'on aligne à nos pieds !

Elle montrait les rues qui descendent en face des buttes Montmartre, et dont les becs de gaz semblaient empiler sur deux rangs leurs taches d'or.

– Et là-bas, s'écria-t-elle, en désignant du doigt un fourmillement d'astres, c'est sûrement la Caisse générale.

Ce mot fit rire Saccard. Ils restèrent encore quelques instants à la fenêtre, ravis de ce ruissellement de « pièces de vingt francs », qui finit par embraser Paris entier.

Émile Zola, *La Curée* [1872], Gallimard, « Folio classique », 1981.

Michel Tremblay, *Les Belles-Sœurs*

L'extrait suivant est le dénouement de la pièce *Les Belles-Sœurs* de Michel Tremblay (né en 1942). Cet auteur canadien contemporain écrit dans la langue savoureuse de son pays. Germaine Lauzon a gagné des carnets de timbres qu'il faut coller dans des livrets : ils vont lui permettre de devenir riche et de renouveler complètement son intérieur. Pour venir à bout de cette tâche fastidieuse, elle invite ses sœurs, belles-sœurs et amies. Mais celles-ci, envieuses, vont finir par la dépouiller totalement.

GERMAINE LAUZON. – *(Elle se dirige vers la caisse aux livrets. Les femmes la suivent toutes du regard.)* Bonyeu, y'en a pas gros ! Ousqu'y sont toutes, donc, les livrets ? Y'en a rien qu'une douzaine, dans le fond ! Y sont peut-être... non la table est vide ! *(Silence. Germaine Lauzon regarde toutes les femmes.)* Que c'est qui se passe icitte, donc ?

LES AUTRES. – Ben… heu… j'sais pas… franchement…

Elles font semblant de chercher les livrets.
Germaine se poste devant la porte.

GERMAINE LAUZON. – Où sont mes timbres ?

[…]

LISETTE DE COURVAL. – Ils devraient être à tout le monde !

LES AUTRES. – Oui, à tout le monde !

GERMAINE LAUZON. – Mais sont à moé ! Donnez-moé-les !

LES AUTRES. – Jamais !

MARIE-ANGE BROUILLETTE. – Y'en reste encore ben dans les caisses, servons-nous !

DES-NEIGES VERRETTE. – Oui, certain !

YVETTE LONGPRÉ. – J'vas remplir ma sacoche.

GERMAINE LAUZON. – Arrêtez ! Touchez-y pas !

THÉRÈSE DUBUC. – T'nez, madame Dubuc, en v'la. T'nez, encore.

MARIE-ANGE BROUILLETTE. – V'nez, mademoiselle Verrette, y'en a masse, icitte. Aidez-moé.

PIERRETTE GUÉRIN. – Lâchez-ça tu-suite !

GERMAINE LAUZON. – Mes timbres ! Mes timbres !

ROSE OUIMET. – Viens m'aider, Gaby, j'en ai trop pris !

GERMAINE LAUZON. – Mes timbres ! Mes timbres !

Une grande bataille s'ensuit. Les femmes volent le plus de timbres qu'elles peuvent. Pierrette et Germaine essaient de les arrêter. Linda et Lise restent assises dans un coin et regardent le pectacle sans bouger. On entend des cris, quelques femmes se mettent à se battre.

MARIE-ANGE BROUILLETTE. – C'est à moé, ceux-là !

ROSE OUIMET. – Vous avez ben menti, sont à moé !

LISETTE DE COURVAL, *à Gaby*. – Voulez-vous ben m'lâcher ! Voulez-vous ben m'lâcher !

On commence à se lancer des livrets de timbres par la tête. Tout le monde pige à qui mieux mieux dans les caisses, on lance des timbres un peu partout, par la porte, par la fenêtre. Olivine Dubuc essaie de se promener avec sa chaise roulante et hurle le « Ô Canada ». Quelques femmes sortent avec leur bagage de timbres. Rose et Gabrielle restent un peu plus longtemps que les autres.

GERMAINE LAUZON. – Mes sœurs ! Mes propres sœurs *! (Gabrielle et Rose sortent. Il ne reste plus dans la cuisine que Germaine, Linda et Pierrette. Germaine s'écroule sur une chaise.)* Mes timbres ! Mes timbres !

Pierrette passe ses bras autour des épaules de Germaine.

PIERRETTE GUÉRIN. – Pleure pas, Germaine !

GERMAINE LAUZON. – Parle-moé pas ! Va-t'en ! T'es pas mieux que les autres !

PIERRETTE GUÉRIN. – Mais…

GERMAINE LAUZON. – Va-t'en, j'veux pus te voir !

PIERRETTE GUÉRIN. – Mais j't'ai défendue ! Chus t'avec toé, Germaine !

GERMAINE LAUZON. – Va-t'en, laisse-moé tranquille ! Parle-moé pus ! J'veux pus voir parsonne !

Pierrette sort lentement. Linda se dirige elle aussi vers la porte.

LINDA LAUZON. – Ça va être une vraie job, toute nettoyer ça !

GERMAINE LAUZON. – Mon dieu ! Mon dieu ! Mes timbres ! Y me reste pus rien ! Rien ! Rien ! Ma belle maison neuve ! Mes beaux timbres ! Rien ! Mes timbres ! Mes timbres !

Michel Tremblay,
Les Belles-Sœurs [1968], Éditions Leméac, 1970.

La comédie des apparences

Molière, *L'École des femmes*

Dans cette comédie de Molière (1622-1673), Horace s'est épris d'une jeune fille que son tuteur, M. de la Souche, tient enfermée car il souhaite l'épouser. Ce jeune homme de bonne famille vient emprunter de l'argent à un ami de son père, Arnolphe, et lui raconte comment il a réussi à berner le barbon et à séduire la jeune fille. Mais Arnolphe n'est autre que M. de La Souche, qui s'est fait noble en prenant le nom d'une de ses terres…

HORACE

[…]
Je vous avouerai donc avec pleine franchise
Qu'ici d'une beauté mon âme s'est éprise.
Mes petits soins d'abord ont eu tant de succès,
Que je me suis chez elle ouvert un doux accès;
Et sans trop me vanter ni lui faire injure,
Mes affaires y sont en fort bonne posture

ARNOLPHE, *riant*

Et c'est… ?

HORACE, *lui montrant le logis d'Agnès*

Un jeune objet qui loge en ce logis,
Dont vous voyez d'ici que les murs sont rougis;
Simple, à la vérité, par l'erreur sans seconde
D'un homme qui la cache au commerce du monde,
Mais qui, dans l'ignorance où l'on veut l'asservir,
Fait briller des attraits capables de ravir;
Un air tout engageant, je ne sais quoi de tendre,
Dont il n'est point de cœur qui se puisse défendre.
Mais peut-être il n'est pas que vous n'ayez bien vu
Ce jeune astre d'amour de tant d'attraits pourvu;
C'est Agnès qu'on l'appelle.

Arnolphe, *à part*

Ah ! Je crève !

Horace

Pour l'homme
C'est, je crois, de la Zousse, ou Source, qu'on le nomme ;
Je ne me suis pas fort arrêté sur le nom ;
Riche, à ce qu'on m'a dit, mais des plus sensés, non :
Et l'on m'en a parlé comme d'un ridicule.
Le connaissez-vous point ?

Arnolphe, *à part*

La fâcheuse pilule !

Horace

Eh ! Vous ne dites mot ?

Arnolphe

Eh ! oui, je le connais.

Horace

C'est un fou, n'est-ce pas ?

Arnolphe

Eh…

Horace

Qu'en dites-vous ? Quoi !
Ah ! c'est-à-dire, oui. Jaloux à faire rire ?
Sot ? je vois qu'il en est ce que l'on m'a pu dire.
Enfin l'aimable Agnès a su m'assujettir.
C'est un joli bijou, pour ne vous point mentir.
Et ce serait péché qu'une beauté si rare
Fût laissée au pouvoir de cet homme bizarre.
Pour moi, tous mes efforts, tous mes vœux les plus doux
Vont à m'en rendre maître en dépit du jaloux ;

Et l'argent que je vous emprunte avec franchise
N'est que pour mettre à bout cette juste entreprise.
Vous savez mieux que moi, quels que soient nos efforts,
Que l'argent est la clef de tous les grands ressorts,
Et que ce doux métal, qui frappe tant de têtes,
En amour, comme en guerre, avance les conquêtes.
Vous me semblez chagrin ! Serait-ce qu'en effet
Vous désapprouveriez le dessein que j'ai fait ?

ARNOLPHE

Non, c'est que je songeais…

HORACE

Cet entretien vous lasse.
Adieu. J'irai chez vous tantôt vous rendre grâce.

Molière, *L'École des femmes* [1662], acte I, scène 4,
Gallimard, « Folioplus classiques », 2004.

Molière, *Le Malade imaginaire*

Dans cette autre comédie de Molière (1622-1673), Argan se croit malade et s'entoure de médecins prétentieux et bouffons. Son frère Béralde et sa servante Toinette, qui a recours au déguisement, vont essayer de le guérir de sa dépendance à la médecine et à ses potions…

Scène 7

TOINETTE, ARGAN, BÉRALDE

TOINETTE. – Monsieur, voilà un médecin qui demande à vous voir.

ARGAN. – Et quel médecin ?

TOINETTE. – Un médecin de la médecine.

ARGAN. – Je te demande qui il est ?

TOINETTE. – Je ne le connais pas ; mais il me ressemble comme deux gouttes d'eau et, si je n'étais sûre que ma mère était honnête femme, je dirais que ce serait quelque petit frère qu'elle m'aurait donné depuis le trépas de mon père.

ARGAN. – Fais-le venir.

BÉRALDE. – Vous êtes servi à souhait : un médecin vous quitte, un autre se présente.

ARGAN. – J'ai bien peur que vous ne soyez cause de quelque malheur.

BÉRALDE. – Encore ! Vous en revenez toujours là ?

ARGAN. – Voyez-vous ? j'ai sur le cœur toutes ces maladies-là que je ne connais point, ces…

Scène 8

TOINETTE, EN MÉDECIN, ARGAN, BÉRALDE

TOINETTE. – Monsieur, agréez que je vienne vous rendre visite et vous offrir mes petits services pour toutes les saignées et les purgations dont vous aurez besoin.

ARGAN. – Monsieur, je vous suis fort obligé. Par ma foi ! voilà Toinette elle-même.

TOINETTE. – Monsieur, je vous prie de m'excuser, j'ai oublié de donner une commission à mon valet ; je reviens tout à l'heure.

ARGAN. – Eh ! ne diriez-vous pas que c'est effectivement Toinette ?

BÉRALDE. – Il est vrai que la ressemblance est tout à fait grande. Mais ce n'est pas la première fois qu'on a vu de ces sortes de choses, et les histoires ne sont pleines que de ces jeux de la nature

ARGAN. – Pour moi, j'en suis surpris, et…

Scène 9

TOINETTE, ARGAN, BÉRALDE

TOINETTE, *quitte son habit de médecin si promptement qu'il est difficile de croire que ce soit elle qui a paru en médecin.* – Que voulez-vous, Monsieur ?

ARGAN. – Comment?

TOINETTE. – Ne m'avez-vous pas appelée?

ARGAN. – Moi? non.

TOINETTE. – Il faut donc que les oreilles m'aient cornée.

ARGAN. – Demeure un peu ici pour voir comme ce médecin te ressemble.

Toinette, *en sortant.* – Oui, vraiment, J'ai affaire là-bas, et je l'ai assez vu.

ARGAN. – Si je ne les voyais tous deux, je croirais que ce n'est qu'un.

BÉRALDE. – J'ai lu des choses surprenantes de ces sortes de ressemblances, et nous en avons vu de notre temps où tout le monde s'est trompé.

ARGAN. – Pour moi, j'aurais été trompé à celle-là, et j'aurais juré que c'est la même personne.

Scène 10

TOINETTE, EN MÉDECIN, ARGAN, BÉRALDE

TOINETTE. – Monsieur, je vous demande pardon de tout mon cœur.

ARGAN. – Cela est admirable!

TOINETTE. – Vous ne trouverez pas mauvais, s'il vous plaît, la curiosité que j'ai eue de voir un illustre malade comme vous êtes, et votre réputation, qui s'étend partout, peut excuser la liberté que j'ai prise.

ARGAN. – Monsieur, je suis votre serviteur.

TOINETTE. – Je vois, Monsieur, que vous me regardez fixement. Quel âge croyez-vous bien que j'aie?

ARGAN. – Je crois que tout au plus vous pouvez avoir vingt-six ou vingt-sept ans.

TOINETTE. – Ah, ah, ah, ah, ah! j'en ai quatre-vingt-dix.

ARGAN. – Quatre-vingt-dix ?

TOINETTE. – Oui. Vous voyez un effet des secrets de mon art, de me conserver ainsi frais et vigoureux.

[…]

Molière, *Le Malade imaginaire* [1673], acte III, scènes 7 à 10,
Belin-Gallimard, « Classico », 2010.

Marivaux, *La Double Inconstance*

Dans *La Double Inconstance* de Marivaux (1688-1763), le Prince, amoureux de la bergère Silvia qui est la fiancée d'Arlequin, la fait enlever et tente de se faire aimer d'elle en se dissimulant sous l'identité d'un simple sujet du Prince. Dans cette scène, l'avant-dernière de la pièce, le Prince, arrivé à ses fins, se dévoile à Silvia.

SILVIA. – Vous n'êtes pas si savant que vous le croyez, ne vous vantez pas tant. Mais, dites-moi, vous êtes un honnête homme, et je suis sûre que vous me direz la vérité : vous savez comme je suis avec Arlequin ; à présent, prenez que j'ai envie de vous aimer : si je contentais mon envie, ferais-je bien ? ferais-je mal ? Là, conseillez-moi dans la bonne foi.

LE PRINCE. – Comme on n'est pas le maître de son cœur, si vous aviez envie de m'aimer, vous seriez en droit de vous satisfaire ; voilà mon sentiment.

SILVIA. – Me parlez-vous en ami ?

LE PRINCE. – Oui, Silvia, en homme sincère.

SILVIA. – C'est mon avis aussi ; j'ai décidé de même, et je crois que nous avons raison tous deux ; ainsi je vous aimerai, s'il me plaît, sans qu'il y ait le petit mot à dire.

LE PRINCE. – Je n'y gagne rien, car il ne vous plaît point.

SILVIA. – Ne vous mêlez point de deviner, car je n'ai point de foi à vous. Mais enfin, ce prince, puisqu'il faut que je le voie, quand viendra-t-il ? S'il veut, je l'en quitte.

Le Prince. – Il ne viendra que trop tôt pour moi ; lorsque vous le connaîtrez, vous ne voudrez peut-être plus de moi.

Silvia. – Courage, vous voilà dans la crainte à cette heure ; je crois qu'il a juré de n'avoir jamais un moment de bon temps.

Le Prince. – Je vous avoue que j'ai peur

Silvia. – Quel homme ! il faut bien que je lui remette l'esprit. Ne tremblez plus, je n'aimerai jamais le Prince, je vous en fais le serment par…

Le Prince. – Arrêtez, Silvia ; n'achevez pas votre serment, je vous en conjure.

Silvia. – Vous m'empêchez de jurer ? cela est joli ; j'en suis bien aise.

Le Prince. – Voulez-vous que je vous laisse jurer contre moi ?

Silvia. – Contre vous ! est-ce que vous êtes le Prince ?

Le Prince. – Oui, Silvia ; je vous ai jusqu'ici caché mon rang, pour essayer de ne devoir votre tendresse qu'à la mienne ; je ne voulais rien perdre du plaisir qu'elle pouvait me faire. À présent que vous me connaissez, vous êtes libre d'accepter ma main et mon cœur, ou de refuser l'un et l'autre. Parlez, Silvia.

Silvia. – Ah ! mon cher Prince, j'allais faire un beau serment ! Si vous avez cherché le plaisir d'être aimé de moi, vous avez bien trouvé ce que vous cherchiez ; vous savez que je dis la vérité, voilà ce qui m'en plaît.

Le Prince. – Notre union est donc assurée.

Marivaux, *La Double Inconstance* [1723], acte III, scène 9, Gallimard, « Folio théâtre », 2000.

Georges Feydeau, *La Dame de chez Maxim*

Dans cette comédie de Feydeau (1862-1921), Petypon est rentré tellement ivre d'une soirée qu'il ne s'est pas aperçu qu'il avait ramené chez lui une femme légère, dite La Môme. Il essaie de la faire partir avant que sa femme ne s'aperçoive de sa présence, mais Le Général, oncle de Petypon, arrive à l'improviste et va précipiter l'imbroglio en prenant La Môme pour la femme de Petypon...

LA MÔME, *ahurie, serrant machinalement la main qu'on lui présente.* – Bon... bonjour, monsieur !

LE GÉNÉRAL. – Je suis le général baron Petypon du Grélé ! Vous ne me connaissez pas, parce qu'il y a neuf ans que je n'ai pas quitté l'Afrique !... Mais mon neveu a dû vous parler ce moi !

LA MÔME. – Votre neveu ?...

LE GÉNÉRAL. – Oui !

LA MÔME, *à part, pendant que le Général, contournant le lit, va se placer contre le pied de celui-ci.* – Comment, il me prend pour... !

LE GÉNÉRAL. – Eh ! ben, voilà ! c'est moi ! *(Considérant la Môme avec sympathie.)* Cré coquin ! Je lui ferai mes compliments, à mon neveu, vous savez !... Je ne sais pas quels idiots m'avaient dit qu'il avait épousé une vieille toupie !... Des toupies comme ça, c'est dommage qu'on ne nous en fiche pas quelques escouades dans les régiments !

LA MÔME, *avec des courbettes comiques jusqu'à toucher les genoux avec sa tête.* Ah ! Général !... Général !

LE GÉNÉRAL, *lui rendant, en courbettes, la monnaie de sa pièce.* – J'dis comme je pense !... J'dis comme je pense !

LA MÔME, *même jeu.* – Ah ! général ! *(À part.)* Il est très galant, le militaire !

LE GÉNÉRAL. – Mais, vous n'êtes pas malade, que vous êtes encore couchée ?

LA MÔME. – Du tout, du tout !... J'ai fait la grasse matinée ; et j'attendais pour me lever qu'on m'apportât *(t)* un vêtement.

LE GÉNÉRAL, *jovial.* – Aha ! « *tatte* un vêtement », oui ! oui ! « *tatte* un vêtement !… » *(Tout en allant s'asseoir sur la chaise qui est à la tête du lit.)* Et maintenant, vous savez ce qui m'amène ? Vous avez reçu ma lettre ?

LA MÔME. – Non !…

LE GÉNÉRAL. – Vous ne l'avez pas reçue ? Qu'est-ce qu'elle fiche donc, la poste ?… Enfin, vous la recevrez ! Elle sera inutile, puisque j'aurai plus vite fait de vous dire la chose tout de suite. Vous connaissez ma nièce Clémentine ?

LA MÔME, *assise sur le lit.* – Non.

LE GÉNÉRAL. – Si ! Clémentine Bourré !

LA MÔME. – Bourré ?

LE GÉNÉRAL. – Que j'ai adoptée à la mort de ses parents… Mon neveu a dû vous parler d'elle !…

LA MÔME, *vivement* –. Ah ! Bourré ! Bourré ! Oui, oui !

LE GÉNÉRAL. – Clémentine !

La Môme. – Clémentine ! mais voyons : Clémentine ! la petite Bourré !

LE GÉNÉRAL. – Eh bien, voilà… J'ai besoin d'une mère pendant quelques jours pour cette enfant ! une jeune mère ! j'ai compté sur vous !

LA MÔME, *tournant des yeux étonnés vers le général, avec un mouvement de tête qui rappelle celui du chien qui écoute le gramophone.* – Sur moi ?

LE GÉNÉRAL. – Je crois que je ne pouvais pas trouver mieux !… Vous comprenez, moi, j'ai beau être général, *(Riant.)* je n'ai rien de ce qu'il faut pour être une mère !…

Georges Feydeau, *La Dame de chez Maxim* [1899], acte I, scène X, L'Avant-Scène Théâtre, 1994.

Autour de l'œuvre

Interview imaginaire de Molière

⏭ *Revenons sur vos origines : vous êtes né dans une famille bourgeoise ?*

Oui, mon père était tapissier du roi, c'est-à-dire un de ses décorateurs. Ce travail était une charge qui se transmettait de père en fils, mais mon grand-père, Louis Cressé, m'avait fait découvrir le théâtre et très vite j'ai cherché à devenir comédien. J'avais vu des tragédies à l'Hôtel de Bourgogne et des comédies données par les comédiens italiens. Si bien que quand j'ai créé mes propres pièces, je me suis souvenu de leur jeu qui insistait sur les gestes et les mimiques pour se faire comprendre et faire rire.

Molière (1622-1673)

⏭ *Quand êtes-vous né et quel était votre véritable nom ?*

Je suis né le 13, ou peut-être le 14 janvier 1622 à Paris. J'ai été baptisé à Saint-Eustache le 15 janvier. Je me nomme alors Jean-Baptiste Poquelin, ce n'est qu'en 1644 que j'ai décidé de m'appeler Molière. L'année précédente, j'avais rencontré une comédienne, Madeleine Béjart, dont j'étais tombé amoureux et c'est avec elle et d'autres membres de sa famille que j'avais fondé une troupe, L'Illustre Théâtre. Les comédiens étaient excommuniés, c'est-à-dire qu'ils ne pouvaient pas recevoir de sacrement, et ce n'était pas facile pour mon père d'avoir un fils comédien ! J'ai donc pris un pseudonyme.

⏭ *Comment se fait-il que vous ayez presque immédiatement pris la direction de la troupe ?*

Avant de devenir comédien j'ai fait des études de droit, j'ai même été avocat quelques mois. Je pouvais donc régler les affaires financières et juridiques de la troupe. J'ai d'ailleurs été emprisonné pour dettes ! En effet, il fallait louer une salle et l'aménager, se procurer des décors et des costumes et tout cela coûtait fort cher. C'est face aux difficultés que rencontrait la troupe que nous avons décidé de quitter Paris dès 1645.

⏭ *C'est alors que vous partez pour un long voyage ?*

Oui, pendant treize ans nous allons sillonner la province où la concurrence est moins rude qu'à Paris mais la vie parfois difficile ! Il nous arrivait de jouer en plein air sur des tréteaux, ou dans des granges. Nous voyagions en roulotte. Toutefois, en Languedoc, nous avons été introduits auprès du Prince de Conti, gouverneur de la province. Il nous a subventionnés et nous sommes devenus « les comédiens du Prince de Conti ». Mais, en 1656, il est devenu bigot et nous a retiré sa subvention ! Nous sommes donc repartis sur les routes. Nous ne sommes rentrés à Paris qu'en 1658. Je ne regrette pas cette période : l'apprentissage a été très fructueux et j'ai trouvé durant cette période bien des modèles pour mes comédies.

⏭ *Votre retour à Paris s'est-il bien passé ?*

En fait les temps avaient changé : plusieurs troupes avaient des salles fixes, la diction à la mode pour l'alexandrin de la tragédie était bien loin de celle, très naturelle, que je préconisais. C'est d'ailleurs une des raisons qui m'ont poussé à écrire *L'Avare* en prose et non en vers : je voulais la vivacité de la prose et surtout ce naturel qui permet le rire !

À notre retour à Paris, nous nous sommes mis sous la protection de Monsieur, frère de Louis XIV, et grâce à lui nous avons joué devant le Roi *Nicomède* et un petit divertissement que j'avais écrit, *Le Docteur amoureux*, qui a beaucoup fait rire le Roi. Il nous a alors donné l'autorisation de nous installer dans la salle du Petit-Bourbon où jouaient déjà les comédiens italiens. Nous avons donc partagé le théâtre avec eux. Le grand Scaramouche qui dirigeait leur troupe a été mon maître.

▶▶| *On peut donc dire que c'est grâce à la protection du Roi que votre talent d'écrivain a pu s'épanouir ?*

Oui, en province j'avais écrit quelques divertissements mais c'est en devenant sédentaire à Paris, avec la certitude de jouer régulièrement, et grâce aussi à toute l'expérience acquise, que l'essentiel de ma création a vu le jour. Jusque-là, la comédie était réduite à la farce et c'était un genre un peu vulgaire. Avec *L'École des femmes* en 1662, *Tartuffe* en 1664, *Dom Juan* en 1665, *Le Misanthrope* et *Le Médecin malgré lui* en 1666, *L'Avare* en 1668, *Le Bourgeois Gentilhomme* en 1670, *Les Fourberies de Scapin* en 1671, *Le Malade imaginaire* en 1673, pour ne citer que quelques-unes des plus célèbres de mes pièces, j'ai donné ses lettres de noblesse à la comédie !

▶▶| L'Avare *est-elle une pièce qui a eu du succès ?*

On m'a dit que cette pièce était aujourd'hui une des plus jouées de mon répertoire, pourtant, à la première représentation, la recette a été maigre (1069 livres contre 1668 pour *Amphitryon*, par exemple) ! On m'a reproché d'avoir fait une comédie de caractère en cinq actes, comme une tragédie, mais de l'avoir écrite... en prose !

▶▶| *Votre relation avec le pouvoir n'a-t-elle pas été parfois difficile ?*

Le Roi m'a beaucoup soutenu. Dès 1663, il m'a fait verser une pension annuelle. Il a été le parrain de mon premier fils, Louis, mort hélas à dix mois. Mais en même temps sous la pression de mes ennemis – et ils étaient nombreux puisque ce sont tous ceux dont je fustige le ridicule dans mes pièces ! – il a fait interdire *Tartuffe*. C'est à partir de là que j'ai dû engager des combats continus contre mes détracteurs. En même temps, j'organisais pour le Roi des fêtes somptueuses pour lesquelles j'écrivais des comédies-ballets dont on dit qu'elles sont les ancêtres de l'opéra.

▶▶| *Vous avez été un homme de théâtre complet : écrivain, acteur, chef de troupe, metteur en scène avant la lettre, et même votre mort est théâtrale !*

Je suis mort le 17 février 1673, presque sur scène. C'était pendant la quatrième représentation du *Malade imaginaire* dans laquelle je jouais le rôle titre. J'ai eu une convulsion à la fin de la représentation, je me suis mis à cracher du sang, on m'a transporté chez moi où je suis mort vers dix heures du soir. Il a fallu les interventions de ma femme et du Roi pour que je sois enterré, mais en cachette et de nuit !

▶▶| *Qu'est devenue alors votre troupe ?*

Ma troupe, un temps désorientée, a recommencé à jouer le 24 février. En 1680, Louis XIV a décidé de la réunir avec la troupe de l'Hôtel de Bourgogne donnant ainsi naissance à ce qui deviendra la Comédie-Française. Vous pouvez encore y voir mon fauteuil.

Contexte historique et culturel

Des guerres et des conflits religieux

Lorsque Jean-Baptiste Poquelin naît en 1622, c'est Louis XIII qui règne. L'Europe est en guerre : la guerre de Trente Ans a débuté en 1618 et ne prend fin qu'en 1659 avec la paix des Pyrénées et la paix du Nord en 1660. La France est alors la plus grande puissance d'Europe. La colonisation, commencée au début du siècle, se poursuit aux Antilles et surtout au Canada.

Le royaume n'est pas en conflit qu'à l'extérieur de ses frontières, il l'est aussi à l'intérieur : si l'Édit de Nantes du 30 avril 1598 avait instauré le respect des différences religieuses, il est révoqué en 1685.

Des amis et des ennemis

En 1629, Richelieu est nommé duc et Principal Ministre d'État. Grand amateur de théâtre, qu'il considère comme un très utile instrument d'influence politique, il encourage les comédiens du Roi. Il meurt en 1642.

En 1630, La Compagnie du Saint-Sacrement, destinée à soutenir la réforme catholique, est reconnue par le roi. Cette société secrète lutte entre autres pour la conversion des protestants et des juifs et poursuit les libertins. Molière sera une de ses cibles.

Louis XIV et les arts

Le futur Louis XIV naît en 1638. Il n'a pas 5 ans quand Louis XIII meurt en 1643. C'est sa mère, Anne d'Autriche, qui assure la régence avec Mazarin comme ministre. Ce cardinal joue un rôle politique essentiel jusqu'à sa mort en 1661. C'est alors que Louis XIV prend véritablement le pouvoir : il décide de ne pas remplacer Mazarin et de gouverner seul. Son règne sera une monarchie absolue pendant 54 ans.

Louis XIV encourage les arts, les protège et son règne est attaché au nom des plus grands artistes : Molière, Racine, Lully, Boileau, Mme de Sévigné, pour n'en citer que quelques-uns. Les salons littéraires existent depuis le début du XVIIe siècle : à celui de Catherine de Vivone succède celui de Mme de Scudéry.

C'est à la cour que se font les découvertes artistiques. Les peintres comme Le Brun, les architectes comme Mansard, les hommes de spectacles comme Molière ou Lully célèbrent par leurs œuvres la gloire du Roi. Il est « le Roi-Soleil », son siècle est « le Grand Siècle ».

Molière et la comédie

Au début du siècle étaient essentiellement jouées des tragédies. La comédie telle que nous la connaissons à travers l'œuvre de Molière n'existait pas. C'est en créant des petites farces jouées en complément d'autres pièces qu'il s'est fait connaître du roi. Ses comédies seront ensuite considérées comme aussi importantes que les tragédies de son temps.

L'Avare: entre farce et comédie sérieuse

Molière a souvent adopté, pour ses comédies, les règles de la tragédie: pièce construite en cinq actes en vers et respectant la règle des trois unités (de temps, d'action, de lieu) et celle de la bienséance. Ainsi de « grandes comédies sérieuses », comme *L'École des Femmes* ou *Le Misanthrope*, sont-elles écrites en alexandrins et en cinq actes. *L'Avare*, bien qu'écrite en prose, est une pièce en cinq actes.

L'Avare est une comédie de caractère: dès le titre, l'accent est mis sur l'avarice, plus que sur l'individu Harpagon. La pièce dénonce donc un vice avant de faire le portrait d'un homme particulier.

Repères chronologiques

1618	**Début de la guerre de Trente Ans.**
1622	Naissance de Jean-Baptiste Poquelin à Paris.
1627	**Siège de La Rochelle, ville protestante, par Richelieu.**
1636	P. Corneille, *Le Cid* (théâtre).
1638	**Naissance de Louis XIV.**
1639	Naissance de J. Racine.
1642	**Mort de Richelieu.**
1643	**Mort de Louis XIII, régence d'Anne d'Autriche; Mazarin gouverne;** Molière fonde la troupe de L'Illustre-Théâtre.
1644	Jean-Baptiste Poquelin signe pour la première fois sous le pseudonyme de Molière.
1658	Molière se fixe à Paris.
1659	**Paix des Pyrénées.**
1661	**Mort de Mazarin; Louis XIV règne seul.**
1667	J. Racine, *Andromaque* (théâtre).
1668	Molière, *L'Avare* (théâtre); La Fontaine, premier recueil des *Fables*.
1670	Première représentation du *Bourgeois gentilhomme*.
1672	**Installation de la cour à Versailles.**
1673	Mort de Molière.
1680	Création de la Comédie-Française.
1684	Mort de P. Corneille.
1685	**Révocation de l'édit de Nantes.**
1699	Mort de J. Racine.
1715	**Mort de Louis XIV; régence de Philippe d'Orléans.**
1722	**Sacre de Louis XV.**

Les grands thèmes de l'œuvre

L'avarice

Un thème qui remonte à l'Antiquité

Dès le titre de la pièce, nous savons que le thème majeur de l'œuvre sera l'avarice. Certes, Molière s'est inspiré de *La Comédie de la marmite* (*Aulularia*), pièce d'un auteur latin, Plaute, dans laquelle un vieillard, Euclion, passe son temps à cacher aux autres protagonistes de la pièce une marmite pleine d'or qu'il a enterrée dans le jardin. Mais, même si, selon l'habitude de l'époque, il n'a pas hésité à reprendre des scènes presque à l'identique comme le monologue d'Harpagon découvrant le vol de sa cassette (acte IV, scène 7) ou encore le quiproquo de l'acte V, scène 3, par exemple, la comédie que Molière nous propose est infiniment plus ambitieuse que la farce de son ancêtre. En effet, Harpagon n'est pas seulement un personnage-marionnette qui ne pense qu'à l'argent : son vice obsessionnel fait de lui un être à la fois détestable et profondément humain, et si nous rions de lui et surtout de le voir berné, nous entrons aussi avec lui dans l'univers aux multiples facettes d'un homme obsédé par l'argent.

La question de l'argent au temps de Molière

Les problèmes liés à l'argent n'étaient pas étrangers à Molière : il en avait connu au moment de l'héritage de son père, il avait été emprisonné pour dettes au tout début de sa carrière, et il devait veiller au succès de ses pièces, qui permettait des rentrées d'argent nécessaires pour faire vivre sa compagnie. Molière vivait de plus dans un monde où il était sans cesse question d'argent : le roi en a besoin pour les fastes de sa cour et pour ses conquêtes militaires ; la bourgeoisie, essentiellement issue du commerce, devenue la classe sociale montante, a pris le pas sur l'ancienne noblesse, le plus souvent désargentée et maintenue dans la dépendance par le roi à Versailles.

L'amour et l'avarice

Harpagon est avare, usurier, et... amoureux. Or l'amour est un don de soi, un élan vers l'autre, et l'avare est celui qui refuse de donner, qui garde pour lui. La contradiction est évidente, et lorsqu'il faudra vraiment choisir, Harpagon choisira… sa cassette ! Dans cette double quête de l'argent et de l'amour, Harpagon trouve son propre fils sur son chemin : parce que son père ne lui permet pas de vivre selon son rang, Cléante doit avoir affaire à un usurier qui se révèle être son père, et, en outre, tous deux projettent d'épouser la même femme. Un des ressorts de la pièce est donc la rivalité entre le père et le fils. Mais Harpagon est incapable d'aimer et renonce à Mariane : l'argent reste son seul objet d'amour.

L'incapacité de donner

Harpagon est un usurier qui a des pratiques particulièrement scandaleuses : il prête de l'argent au taux exorbitant de 25 % quand le taux légal est d'à peine plus de 5 % ; l'usure vient donc gonfler encore la masse d'argent d'Harpagon. L'avare se repaît de ses gains, il ne fait jamais circuler l'argent comme le fait le bourgeois, il ne le dépense pas comme le noble, il ne partage rien. Il est incapable de donner, même pas le bonjour (acte II, scène 4), il ne donne que sa malédiction à son fils (acte IV, scène 5), ou encore il « donne à pendre » Maître Jacques (acte V, scène 6).

Une passion dévorante

Pour Harpagon, l'argent est une passion dévorante et tyrannique. L'avare est un monomaniaque esclave de sa fortune. Prenons quelques exemples : « Il aime l'argent plus que réputation, qu'honneur et que vertu » (acte II, scène 4) ; « L'argent est plus précieux que toutes les choses du monde » (acte I, scène 5) ; « L'argent ferme la bouche à tout » (acte I, scène 5). Aux yeux d'Harpagon, l'argent fait partie des « choses les plus sacrées » (acte V, scène 1).

Un vice

Le personnage de l'avare se caractérise par son absence de valeurs morales : il convoite une très jeune femme aimée de son fils, il refuse de doter sa fille et exige une dot de sa future femme, il a recours aux services d'une entremetteuse, il veut donner sa fille en mariage à un vieil homme en faisant fi de ses sentiments à elle, il pratique l'usure, il vole, spolie, ment et triche. Le seul « être » qui ait grâce à ses yeux n'est pas humain : c'est sa cassette. Harpagon crée donc le chaos autour de lui :

ses enfants sont insolents et lui mentent, ses domestiques le volent, le trompent, trichent. L'avarice est un fléau qui détruit le respect, la fidélité, la soif de vérité.

Une manie qui tend vers la folie

Harpagon perd tout contrôle de lui-même ; il en vient à parler et à agir de manière absurde, insensée. Ainsi dans la scène où il fouille La Flèche (acte I, scène 3) ou dans la scène de la cassette où il perd son identité au point de se dédoubler (acte V, scène 6). On en rit. Mais sa folie devient violence. Elle effraie, par exemple quand il veut arrêter, torturer, tuer tout le monde.

Harpagon reste encore aujourd'hui le représentant le plus extrême, le plus caricatural de l'avarice qui fait rire et inquiète à la fois.

Faux-semblants et déguisements

L'identité déguisée

Le déguisement est un ressort dramaturgique particulièrement intéressant dans la mesure où il porte en lui-même l'essence du théâtre. En effet pour « jouer » la comédie, l'acteur se « déguise », se maquille, change d'identité, de condition, de vêtements… Il fait donc « semblant » d'être un autre que lui-même. Dans *L'Avare*, deux personnages changent leur identité : Valère qui entre au service d'Harpagon pour se rapprocher de la belle Élise, la fille de la maison, alors qu'il est un gentilhomme à la recherche de sa famille, et son père Dom Thomas d'Alburcy que tout le monde connaît sous le nom d'Anselme. Dans les stratagèmes que chacun imagine pour contrer les lubies matrimoniales d'Harpagon, il y a une fausse marquise, riche et veuve, qui tomberait follement – et faussement – amoureuse du vieil avare.

Faux-semblants

D'autre part, outre le déguisement d'identité, plusieurs des personnages dissimulent leurs sentiments. Ainsi Harpagon, voulant s'assurer qu'il a bien compris que Cléante et Mariane ont l'un pour l'autre de doux sentiments, fait mine de ne plus vouloir de Mariane pour mieux confondre son fils. Ainsi Cléante, craignant de dévoiler ses sentiments pour Mariane à son père, fait mine à son tour de la trouver fort quelconque. Ainsi encore Valère qui emboîte le pas à toutes les obsessions de son maître et qui feint de lui donner raison quand il veut donner sa fille en mariage à Anselme. Ainsi Maître Jacques qui accuse, par seule vengeance, Valère du vol de la cassette. Ainsi enfin Frosine qui flatte Harpagon et lui fait croire qu'il est superbe et que Mariane, qu'il veut épouser, n'aime que les vieillards comme lui, tout cela en espérant lui soutirer quelque argent !

À travers ces mensonges, ces flatteries, ces déguisements de tous ordres se dessine une société de l'hypocrisie, du faux-semblant.

La levée des masques

Dans *L'Avare*, l'identité est masquée, usurpée, la naissance cachée jusqu'à la révélation finale, le dénouement heureux. Le déguisement est une sorte de révélateur de la vraie identité : l'illusion théâtrale, la dissimulation permettent en effet à chacun d'être ce que l'on attend de lui. Et, en définitive, les travestissements de toutes sortes sont fêtés par le rire parce qu'ils apparaissent comme des armes du pauvre sur le riche, du jeune sur le vieux méchant homme, de l'amour sur l'avarice.

Fenêtres sur...

Des ouvrages à lire

Des pièces de Molière où le déguisement est roi

• Molière, *Les Fourberies de Scapin* [1671], Belin-Gallimard, « Classico », 2008.
Scapin, valet de Léandre, invente fourberie sur fourberie, tantôt pour aider son maître à soutirer de l'argent à son père et à épouser celle qu'il aime, tantôt pour se venger. Il a souvent recours au déguisement : il fait jouer à Silvestre, un autre valet, le rôle d'un spadassin, il déguise sa voix pour faire croire à Géronte qu'il est assailli par une armée d'ennemis. C'est une pièce profondément comique, qui voit la victoire de la ruse et de la tromperie dans un monde tellement injuste qu'il ne laisse place à aucune autre solution.

• Molière, *Amphitryon* [1668], Gallimard, « Folioplus classiques », 2007.
Jupiter est amoureux de la belle Alcmène, femme fidèle et aimante du guerrier Amphitryon. Que faire pour obtenir les faveurs de cette épouse réputée irréprochable ? Le Dieu décide de descendre sur terre et de prendre les traits d'Amphitryon pendant que Mercure, son fidèle compagnon, deviendra Sosie, le valet d'Amphitryon. La morale de l'histoire ? L'humanité n'est pas la seule à être corrompue, les Dieux aussi sont des trompeurs !

• Molière, *Le Bourgeois gentilhomme* [1670], Gallimard, « La Bibliothèque Gallimard », 1999.
M. Jourdain, riche bourgeois, rêve d'être noble. Pour cela il se fait donner des leçons de musique, de danse, de philosophie, d'escrime, cherche à obtenir les faveurs d'une belle marquise, veut que sa fille épouse un gentilhomme... Il faudra toute l'astuce du valet Covielle, grand nombre de déguisements, une folle cérémonie durant laquelle M. Jourdain sera fait Mamamouchi pour que Cléonte puisse se marier avec Lucile !

• Molière, *Le Malade imaginaire* [1673], Belin-Gallimard, « Classico », 2010.

Dans la dernière pièce de Molière, le « déguisement » est poussé à son paroxysme. Si Toinette se déguise en médecin, tout comme le faisait Sganarelle, pour flatter les obsessions de son maître qui se croyant malade est entiché de médecine, la mort curieusement est l'autre déguisement de la pièce ! Cette dernière comédie ballet, débridée, qui malmène la cupidité, l'égoïsme, l'hypocrisie, la bêtise, nous fait rire d'autant plus fort que ce rire nous protège pour un temps de la mort qui rôde...

Deux ouvrages sur Molière et son temps

• Christian Biet, *Les Miroirs du soleil, Le roi Louis XIV et ses artistes*, Gallimard, « Découvertes Gallimard », 2000.

Vous pouvez consulter cet ouvrage en bibliothèque : vous y découvrirez, à travers une iconographie très riche, la vie littéraire et artistique au siècle du Roi-Soleil. Vous y rencontrerez, en particulier, Molière, Corneille et Mme de Sévigné mais aussi des peintres comme Nicolas Mignard et des musiciens comme Jean-Baptiste Lully.

• Pierre Lepère, *La Jeunesse de Molière*, Gallimard, « Folio junior », 2009.

L'auteur retrace, de façon très vivante, la jeunesse mouvementée de l'auteur de L'Avare. *On decouvre le parcours du jeune Jean-Baptiste Poquelin qui se prépare à devenir tapissier du roi, comme son père, jusqu'à ce qu'il devienne Molière et homme de théâtre. Cet ouvrage se lit comme un roman.*

Des récits centrés sur l'amour de l'argent ou l'avarice

• Honoré de Balzac, *Eugénie Grandet* [1833], Gallimard, « Folio », 1999.

Le père Grandet est devenu riche mais c'est un avare tyrannique. Eugénie est sa fille unique. Elle aime et est aimée de son cousin Charles, mais le père du jeune homme meurt, ruiné. Le père d'Eugénie ferme alors la porte à l'amoureux de sa fille. Son avarice ne cessera de susciter le malheur autour de lui...

• **Charles Dickens, *Un chant de Noël* [1843], Gallimard, « Folio junior », 1994.**
Scrooge est un vieil avare grincheux, solitaire et tyrannique. Après avoir rencontré son neveu, jeune homme pauvre, charmant et généreux, une nuit de Noël, trois fantômes vont lui montrer les divers âges de sa vie et les horreurs qu'il a commises, et le convertir peu à peu à la générosité et à la gentillesse. Avant de mourir, il va avoir le temps de réparer le mal qu'il a fait. C'est un conte drôle et profondément émouvant dans lequel Dickens appelle de ses vœux les réformes qui garantiront l'éducation pour tous, et l'humanisation du travail.

• **Émile Zola, *L'Argent,* [1891], Gallimard, « Folio classique », 1980.**
Saccard, spéculateur et boursier, navigue dans un monde d'ambitieux où chacun s'épie et cherche à faire tomber son voisin. Les rivalités y sont exacerbées et les malhonnêtetés ne dérangent personne. Malgré la faillite et les drames de la fin du livre, Saccard se relève et monte une nouvelle affaire. Le livre est une critique de l'argent-roi et de l'escroquerie boursière.

Des films à voir

(Les œuvres citées ci-dessous sont disponibles en DVD.)

Molière et *L'Avare*

• ***Molière,* film en couleur réalisé par Laurent Tirard, avec Romain Duris, Wild Bunch Distribution, 2007.**
Le film raconte la vie de Molière. Il n'est pas centré sur l'histoire de la société du XVIIe *siècle mais sur l'histoire d'un homme de théâtre.*

• ***L'Avare*, film en couleur réalisé par Jean Girault et Louis de Funès, Films Christian Fechner, 1980.**
C'est une adaptation fidèle du texte de Molière. Louis de Funès y est d'un comique virevoltant.

• ***L'Avare***, **téléfilm en couleur réalisé par Christian de Chalonge, avec Michel Serrault, France Télévisions Éditions, 2006.**
Michel Serrault, dont ce sera le dernier rôle, fait de l'avare une sorte de clown triste et finalement émouvant par instants.

L'argent

• ***L'Argent***, **film muet, noir et blanc, réalisé par Marcel L'Herbier, DVD Carlotta Films, 1928.**
Cette adaptation du roman d'Émile Zola en conserve la trame générale mais est transposée dans la France des années 1920. C'est un film marquant de l'histoire du cinéma dans lequel la haine de l'argent et de la spéculation est mise en avant dans un mélange de fiction et de réalité documentaire.

• ***L'Argent-dette***, **film d'animation réalisé par Paul Grignon, DVD distribué par www.opening.fr, 2008.**
Ce long métrage explique de façon simple et divertissante les effets pervers du système monétaire actuel.

Des œuvres d'art à découvrir

• ***Le Prêteur et sa femme***, **Quentin Metsys, 1514, Musée du Louvre, Paris.**

• ***Une vieille avare qui compte de l'argent avec un jeune garçon***, **Paulus Moreelse, 1621, Musée de Berlin.**

• ***L'Avare***, **Hendrick Pot, vers 1635, Musée des Offices, Florence.**

Notes

Dans la même collection

CLASSICOCOLLÈGE

14-18 Lettres d'écrivains (anthologie) (1)
Gilgamesh (17)
Histoires de vampires (33)
La Poésie engagée (anthologie) (31)
La Poésie lyrique (anthologie) (49)
Le Roman de Renart (50)
Guillaume Apollinaire – *Calligrammes* (2)
Chrétien de Troyes – *Yvain ou le Chevalier au lion* (3)
Corneille – *Le Cid* (41)
Didier Daeninckx – *Meurtres pour mémoire* (4)
William Golding – *Sa Majesté des Mouches* (5)
Homère – *L'Odyssée* (14)
Victor Hugo – *Claude Gueux* (6)
Joseph Kessel – *Le Lion* (38)
J.M.G. Le Clézio – *Mondo et trois autres histoires* (34)
Jack London – *L'Appel de la forêt* (30)
Guy de Maupassant – *Histoire vraie et autres nouvelles* (7)
Prosper Mérimée – *Mateo Falcone* et *La Vénus d'Ille* (8)
Molière – *Les Fourberies de Scapin* (9)
Molière – *Le Malade imaginaire* (42)
Molière – *Le Médecin malgré lui* (13)
Molière – *Le Médecin volant* (52)
Jean Molla – *Sobibor* (32)
Ovide – *Les Métamorphoses* (37)
Charles Perrault – *Le Petit Poucet et trois autres contes* (15)
Edgar Allan Poe – *Trois nouvelles extraordinaires* (16)
Jules Romains – *Knock ou le Triomphe de la médecine* (10)
Antoine de Saint-Exupéry – *Lettre à un otage* (11)
Paul Verlaine – *Romances sans paroles* (12)

CLASSICOLYCÉE

Cet ouvrage a été composé par Palimpseste à Paris.

Imprimé en Espagne par Novoprint (Barcelone)
N° d'édition : 005398-01 – Dépôt légal : novembre 2010